帳尻屋仕置【二】

婆威し

坂岡真

目次

帳尻屋仕置【二】

婆威し（ばばおどし）

婆威し

一

夜空に咲いた大輪の花が大川を彩り、小舟はゆらゆらと金色の水脈を曳いていく。

――ぼん。

一段と大きな花火が炸裂し、火薬の臭いとともに静けさが訪れた。

空からは黒い燃え滓が落ちてくる。

「これで仕舞いか」

忠兵衛は淋しそうにつぶやいた。

猛暑つづきの夏も終わりに近づくと、何やら淋しい。

「忠さん、おひとつ」

芸者のおくうが銚釐を摘まみ、冷えた剣菱を注いでくれる。

柳橋で一、二の艶やかさと評判のおくうに酌をしてもらっても、心から楽しむことはできない。

「浮かないお顔でござんすね。おぶんさんに叱られるから」

「いいや」

夜遊びに繰りだし、女房に申し訳ないとおもったことは一度もなかった。とびきり上等な柳橋芸者と舟遊びができるのも、男の甲斐性にほかならない。六尺偉丈夫の体軀にくわえて、鼻筋の通った役者顔負けの風貌。しかも、神田の馬ノ鞍横町で『蛙屋』という武家御用達の口入屋を営み、俠気に富んだ親分肌とくれば、おなごたちから放っておかれるはずもなかろう。

「おぶんさんがおめでただから、早く帰ってあげたいんでしょう」

おくうは受け気味の口を、きゅっと尖らす。

忠兵衛は酒を呷り、苦い顔をしてみせた。

気分が晴れぬのは、おぶんのせいではない。暗い世相のせいだ。

浅間山の噴火で空を覆った粉塵は関八州の沃野に堆積し、作物の不作と飢饉をもたらした。飢饉は日本全国津々浦々へひろがり、商人による米の買い占めや農民たちの一揆が頻発している。

そうしたなか、ふた月ほどまえには、千代田城内で若年寄の田沼山城守が新番士の佐野善左衛門に刺されて落命した。田沼家の治政下では賄賂が横行し、小才のある者と金持ちだけが我が世の春を謳歌している。公平を欠いた政事への反撥からか、市井の人々は身勝手な理由で凶刃におよんだ佐野善左衛門を「世直し大明神」と持ちあげた。

何かがおかしい。狂っていると、忠兵衛はおもう。

そんな心情を察したのは、幇間の粂太郎だ。

「三日前の出来事でござんす。愛娘の嫁入りを楽しみにしていた大工の親方が、仕事が鈍いと叱りつけた若い衆に屋根から突きおとされて背骨を折り、寝たきりになっちまったんだとか」

救いようのないはなしだ。

「ほかにもありやすよ。無尽の積立金を店子に盗まれた仲のよい大家夫婦が、梁に通した荒縄で首を縊って鮭になった」

瓦版にも載った悲惨な出来事だ。

おくらが「爺っちゃん」と呼ぶ粂太郎は、講釈師のような濁声で世の無常を嘆いてみせる。

「災害と飢饉つづきで暮らしに困ると、人の心はどうしたってささくれ立つ。真面目に働く者が莫迦をみる風潮がひろまり、他人を騙して金を掠めとっても良心が痛まぬようになる」

騙されるほうがわるいのだと居直る輩が幅をきかせ、公儀もみてみぬふりをするしかなくなると、人々は身を守るために固い殻へ閉じこもる。生きる気力を失って命を絶つ者や、悪事に走る者も出てくる。

「騙された者が騙す側にまわり、新たな悲劇を生んでいく。ああ、嫌な世の中だ。若年寄の田沼さまがあの世に逝かれても、ご政道は何ひとつ変わりゃしない。お偉いさんは足の引っぱりあいばかりやっていて、市井の暮らしなんぞにゃ目もくれぬ。いつになったら、お江戸に朝が来るのやら」

気づいてみれば、鏡のような川面に、涼み舟は数えるほどしか浮かんでいない。

――べべんべん。

おくうは三味線を手に取り、静けさの邪魔にならぬように弦を爪弾きはじめた。

粂太郎が喉の皮を伸ばし、恨み節を唸る。

「やたらに暑い水無月は水もなければ金もない。稼ぎの口も干上がって、ないない尽くしにござ候。舟を漕ぎだし酒を呑み、浮き世の憂さを晴らすべし。ほれ、晴らすべし。ちんとんとん、ちちとんとん……」

舟遊びにも飽きて戻ろうとしかけたとき、川上のほうから小舟が近づいてきた。

「おや、船頭がおらぬようだ」

粂太郎が最初に気づき、鳶口で舟を引きよせる。

「ひゃっ」

おくうが短い悲鳴をあげた。

覗いてみれば、蒼白い顔の男女が手を繋いで舟底に横たわっている。

脈を取るまでもない。

屍骸であった。

「相対死にか」

忠兵衛はおくうが止めるのも聞かず、舟から舟へ飛びうつる。

「粂太郎、龕灯を寄こせ」

「ほいきた」

放られた龕灯を受けとめて灯を点け、並んだ屍骸を照らす。

「ん」

妙だなと、忠兵衛はおもった。

ふたりとも素肌に白い帷子を纏い、左胸のあたりが赤く染まっている。

しかも、出刃に血曇りのついた包丁を一本ずつ握っており、心ノ臓を刺しあったようにみえた。

しかし、そんなことができるのだろうか。

おたがいの胸を刺した男女が仲よく手を繋ぎ、横並びで舟底に仰臥しているのだ。

「できるはずがねえ」

面灯りに照らされた死に顔を眺め、忠兵衛は仰けぞりそうになった。

鬼をみたようにおもったのだ。

この世への恨みを訴える顔。ことに女の顔は凄まじい。

眸子を裂けんばかりに瞠り、口をへの字にひん曲げ、下手をすれば誰かを呪い殺しかねない顔だ。

「爺っちゃん、もっと寄せて」

おくらが舷から身を乗りだした。

「忠さん、その女の人、知っているよ」

「ほんとうか」

名は倉石富代、浅草橋の第六天裏で金貸し業を営む後家らしい。

五年ほどまえに幕臣の夫に先立たれたのち、貯えを元手に小金を貸すようになった。

「還暦を越えているはずさ」

言われてみれば、年相応に老けている。

それに比べて、男のほうはまだ若い。おそらく二十と少し、しかも、腕の入れ墨を艾で消した痕跡がある。罪人となって島送りにされた男にまちがいない。

「島帰えりのちんぴらか。だとすりゃ、妙な取りあわせだな」

「その後家さん、身持ちの堅いことで知られていたんだよ。若い男とこんなことになるなんて、ちょっと考えられない。島帰りの半端者なんざ、最初から相手にするはずもないしね」

金を貸す相手は身分の定まった侍か、商家の奉公人にかぎっていたはずだという。

「おくうよ、こいつは殺しだ」

　忠兵衛に暗い目を向けられ、おくうは押し黙った。

　粂太郎は屍骸に祈りを捧げ、黙って纜を船首に結びつける。

「忠兵衛の旦那、桟橋まで曳いていきやすよ」

「ああ、そうだな。放っておくわけにもいくめえ」

　金貸しの後家が殺められたとなれば、金銭絡みの悪事が潜んでいるにちがいない。誰かを殺めて金を掠めた悪党がのうのうと生きているとすれば、帳尻の合わないはなしだ。

「許せねえな」

　俠気の虫が疼きだす。

　町奉行所の役人に屍骸を引きわたすにしろ、ふたりがこんなふうにされた事情は知っておかねばなるまい。

　忠兵衛には「帳尻屋」という裏の顔がある。

　他人の弱みにつけこんで私腹を肥やす連中や、人を殺めて平気な顔をしている悪党どもをのさばらせておくわけにはいかない。世間に代わって断罪し、帳尻を合わせねば気が済まなかった。

女房のおぶんでさえも知らぬ裏の顔を、おくうと粂太郎は知っている。それゆえ、さして動揺もせずに、屍骸となった男女の乗る舟を曳航することができるのだ。

月は群雲に隠れている。

小舟の向かうさきには、誘導の灯りがぽつんと点いていた。

屍骸の男女は手を繋ぎ、腐臭を放っている。

忠兵衛たちは闇に溶け、ひとことも喋ろうとしない。

舷に寄せて砕ける波音が、やけに大きく聞こえてきた。

二

おぶんは富士額に玉の汗を掻きながら、骨董飯を掻っこんでいる。

汁かけご飯に何品も具を載せるので「骨董」と呼ぶのだが、具の取りあわせによって飯の種類はいくつもある。

塩茹でにした車海老に木耳、烏賊に焼き栗に椎茸、錦糸玉子に蒲鉾に岩茸、細魚に赤貝に木耳、鮑に銀杏に木耳に葱、栗に松茸、滑子に芹に大根おろし、季節に応じて具材はさまざまに変えられるが、昆布に鰹節をくわえてとった出汁を具材を載せたご飯にかけるのだけは変わらない。

今朝の具は賽の目に切った沢庵と塩茹での車海老、これを冷や飯のうえに載せ、絶品の出汁をかける。仕上げに、三つ葉を散らしてみた。

黄に赤に緑、目にも楽しい一品だ。

平皿には鱸の当座味噌漬けをこんがり焼いた一品もあり、おぶんのためだけに茹で玉子も一個添えてある。

「何せ、腹の子とふたりぶん食べてもらわなくちゃならねえからな」

忠兵衛は勝手に立ち、近頃は不慣れな包丁を握ったりすることも多くなった。

「おまえさん、ありがとう。感謝感謝でほっぺたが落ちそうだよ」

おぶんはつるっとした茹で玉子を半分だけ口に入れ、もぐもぐ美味そうに口を動かす。

木場の元締めだった父の重蔵は、先月、木材の囲いこみで大儲けをもくろんだ材木問屋に抗って命を落とした。たったひとりの肉親を失ったおぶんの悲しみが癒えることはないものの、天から授かった新しい生命がふたりの暮らしに活気をもたらしている。

豪勢な朝餉も終わりかけたとき、往来に立ちのぼった塵芥とともに、厭味な岡っ引きが訪ねてきた。

「邪魔するぜ。おっと、夫婦水入らずで朝飯かい。ごちそうさまだぜ、まったく」

黒門町の界隈を縄張りにする辰吉だ。

鼻の下に鼻糞のような黒子がある。「蝮」の異名で呼ばれているわりには今ひとつ根気が足りず、牛尾弁之進という北町奉行所同心の腰巾着をやっている。強い相手にはへいこらする代わりに、弱い者にたいしては十手を翳して威張りちらす。気骨のきの字もない岡っ引きだが、目端を利かせてネタを集めてくる才覚だけはあった。

昨夜みつけた屍骸の調べを頼んであったので、来訪は織り込み済みだ。

おぶんは辰吉が大嫌いなので、奥へ引っこんでしまった。

「けっ、この店は茶も出ねえのか」

文句がつづくまえに立ちあがり、ぐい呑みに酒を注いで持ってくる。

それをひったくるように受けとり、辰吉はごくごく喉を鳴らした。

「ぷはあ、美味え。おめえのとこは、酒だけは上等だな」

阿呆面の皮肉を聞きながし、白瓜の酢漬けを出してやる。

辰吉はかりっと囓り、酸っぱそうな目を宙に浮かせた。

眼差しのさきには透明の金魚鉢が吊してあり、小ぶりの金魚が二匹泳いでいる。

「忠兵衛よ、何で金魚鉢を天井から吊すんだ」

「へへ、そいつは今にわかりやすよ」

「ふうん、おかしな野郎だな、おめえは」

辰吉はぐい呑みを上がり端に置き、鼻の下の黒子を指で撫でまわす。

「若え男の素性がわかったぜ」

と、得意げに切りだした。

「何で教えてやるかって、決まってんだろう。そりゃ、おめえが知りてえだろうとおもったからよ」

恩着せがましく掌を出すので、一朱金を握らせてやった。

「ひとつぶじゃ足りねえなあ」

小うるさいのでもう一朱握らせると、辰吉は「ふん」と鼻を鳴らす。

「小磯の朝次郎、そいつが男の名だ。けちなこそ泥さ。三年めえに御府内で捕まって大島に送られ、十日ばかしめえに御赦免船で帰えってきた。第六天裏の後家の家まで足労してな、近所の連中に尋ねてみたが、朝次郎の顔をみたことのある者はひとりもいなかったぜ」

遺品になった貸出帳にも、朝次郎の名は載っていなかった。

「どっちにしろ、運のねえ野郎だ。帰えって早々に、命を落としたんだからな」

忠兵衛は腕組みをし、眸子を細めた。

「ふたりは深え仲じゃなかった。それどころか、おたげえの顔をみたことすらなかったのかもしれやせんね」

「さあな。大年増の金持ち婆が色目を使ったのかもしれねえぜ。孫でもおかしくねえ若え男のほうも、盛りのついた猫みてえに、その気になっちまった。なにせ、島帰えりだかんな、化粧した大年増が観音さまにみえてもおかしかねえ。そんなふたりが逢瀬をかさねるとすれば、世間の目を盗んでいたはずさ」

「辰吉親分は、本気でそうおもわれるので」

「おれがどう考えようと、世の中は勝手に動いていく。そういうことだろう」

殺しだとわかっているのに、公儀は相対死にで済ませようとしている。

「正直なところ、手がまわらねえのさ」

「なるほど」

辰吉が本音を吐いたところへ、三毛猫（みけねこ）がこっそりはいってくる。

おぶんが「忠吉（ちゅうきち）」と名づけた野良猫だ。

こちらを振りむきもせず、そっと上がり端にあがって部屋じゅうを眺めまわす。

ふと、目を留めたさきに、金魚鉢が吊してあった。

もちろん、狙いは金魚だ。

突如、忠吉は跳びはねた。

両手で空を掻き、どたっと床に落ちてくる。

「ふうん、そういうことかい」

辰吉は納得顔で笑みを漏らし、ひょいと腰を持ちあげた。

「辻斬（つじぎ）りに掏摸（すり）にかっぱらい、町じゅうに悪党が蔓延（はびこ）っていやがる。こっちは猫の手も借りてえくれえさ」

「へへ、うめえことを仰（おっしゃ）る」

「冗談じゃねえぜ。牛尾の旦那も仰っているんだ。たまにゃ、手柄のひとつもあげさせろってな。猫に言ってんじゃねえ、忠兵衛、おめえに言ってんだよ。口入屋ってな、顔がひろくなくちゃつとまらねえんだろう。のんびり惚（ほう）けているようなら、口入屋の免状を取りあげちまうぜ。おめえんとこみてえな小せえ店は、おれさまの鼻息ひとつで吹きとばすこともできるんだ。へへ、そいつを忘れんなよ」

捨て台詞を残して去る背中に、低声で悪態を吐いてやる。

「鼻糞野郎め」

どっちにしろ、おめえらは動かねえってことか。

恨みの籠もった後家の顔が、ふっと脳裏を過ぎった。

「放っておけば、化けて出られそうだな」

三毛猫の忠吉に語りかけても、眠そうな目を向けてくるだけだ。

「おぶん、ちょいと出掛けてくるぜ」

忠兵衛は奥にひと声掛けると、重い足を引きずって店を出た。

三

殺された倉石富代は、第六天の裏手にある仕舞屋にひとりで住んでいた。

「近所づきあいは、あんまりじゃったのう」

同じ町内で木戸番を任されている老爺は言った。

住人のことなら何でも知っていると聞いたので訪ねてみたが、富代についてはあまり多くを知らぬという。

「身寄りがひとりだけおった。弥一郎という二十歳前後の若造でな、三年ほどまえに養子縁組をしおった。亡くなった姉の子だと言われたが、ほんとうかどうかはわからぬ。侍でもないのに働きもせず、親の臑を齧っておった」

その弥一郎が、三日ほどまえから見当たらないという。

「岡っ引きの親分さんが仰るには、富代さんの家からは金目のものや証文のたぐいが、ぜんぶ消えておったらしい」

「とすると、その弥一郎が持って逃げたってことか」

「養子なら、持ち逃げせずともよいのにな」

親の遺したものなので、ぜんぶ弥一郎のものになると、木戸番の老爺はおもっている。ところが、公儀の認めた後家貸しは、本人が死ねば蓄財も証文も一度公儀へ返納しなければならぬ定めだ。弥一郎は幾ばくかの遺産を貰うことはできても、金貸し業をつづけていくこともできない。

「それで、持ち逃げを」

弥一郎は養母の富代が稼いだ儲けを、公儀に吸いあげられたくなかったのだ。

しかも、証文や書付のたぐいは、闇でさばけばけっこうな金になる。

「みつかりゃ遠島は免れねえかもしれねえな」

不心得者の養子は養母の死にも関わっていたのではないかと、忠兵衛は勘をはたらかせた。

どっちにしろ、弥一郎を捜しださねばならない。

木戸番の老爺は、立ち寄りそうなところをひとつだけ教えてくれた。

茹だるような炎天のもと、忠兵衛は第六天社の門前へやってきた。

床几に赤い毛氈を敷いた水茶屋があり、そこの小女と親しげに喋っているのを、木戸番の老爺は何度か見掛けたらしい。

水茶屋に落ちつくまえに、第六天の拝殿へ詣ろうとおもい、鳥居を潜った。

杉の大木が葉を繁らせている。

油蟬の鳴き声が凄まじい。

汗がとめどもなく溢れてくる。

手水舎も拝殿も陽炎のごとく揺れ、賽銭箱で弾む小銭が鉄板のうえで弾ける銀杏にみえた。

第六天とは、仏道修行を妨げる魔王のことである。

かつて、比叡山延暦寺を焼いた織田信長は、みずからを「第六天魔王」と呼んだ。

近寄りがたい畏れもあり、忠兵衛は肝心なことを祈らずにおいた。

扇子をばたばたさせながら、参道を戻る。

門前の水茶屋を訪ね、心太と麦湯を注文した。

給仕の娘はひとりだけなので、弥一郎のことを聞いてみる。

「以前は毎日のようにおみえになりましたけど、このところはさっぱり」

垢抜けない娘はそっけなく応じ、ほかの客のもとへ注文を取りにいく。

少し粘って小銭を握らせてやると、去年の七夕に湯島天神へいっしょに詣ったと教えてくれた。目許に黒子のある色白の巫女と親しげに喋っていたので、知りあいかもしれないとおもったが、問うてみる勇気は出なかったという。

深い仲ではないようなので、忠兵衛は礼を言って毛氈から尻を持ちあげた。

その足で湯島天神へ向かう。

正午も近く、腹が減ってきた。

「我慢だ、我慢」

急勾配の男坂を、汗だくで上りきる。

それにしても、くそ暑い。

手水場の水を呑みほしたくなってくる。

本殿の脇へ歩を進めると、御朱印を貰おうとする人々が列をなしていた。

列の尻に並び、建物の内を窺う。

すると、目許に黒子のある色白の巫女がいた。

「へへ、いやがった」

順番がまわってきたので御朱印帳をわざわざ買い、年配の神職に筆書きしてもらう。

かたわらで手伝う巫女に向かって、さりげなく、弥一郎のことを尋ねてみた。

「そのようなお方は存じあげませぬ」

と、冷淡な口調でこたえる。

木戸番の老爺や水茶屋の娘から聞いた風貌の特徴を懸命に説いても、首をかしげるばかりだ。

年配の神職に睨まれたので、粘ることもできずにその場を離れた。

とぼとぼ参道を戻り、気を失いそうになりながらも石段を下りる。

疲労困憊の体でふらふら歩き、気づいてみれば、下谷御成街道の横道へ踏みこんでいた。

見慣れた裏店の木戸門から、手習い子たちの元気な声が聞こえてくる。

「妻恋店か」

汗と埃にまみれた忠兵衛の顔が、ようやくほころんだ。

木戸番小屋からは、蜆汁の香ばしい匂いが漂ってくる。

唾をためて顔を出すと、大家の清七がちょうど汁かけ飯を搔っこんでいるところだった。

子供好きの清七は元はといえば呉服屋の番頭で、数年前に恋女房を病で亡くしていた。それ以来、独身を通しているので、長屋はいつしか「妻恋店」と呼ばれるようになった。

清七は誠実なうえに算盤勘定にも長けており、底地人の後家に重宝がられ、表通りの『弁天屋』という旅籠の差配も任されている。

「おや、忠兵衛さん、お久しぶりで」

「息災か。飯どきにすまねえな。手習い子たちの声が聞こえたもんで、つい足が向いちまった」

「嬉しいですね。よろしかったら、汁かけ飯でも」

「蜆かい。へへ、いただこう」

清七は勝手に引っこみ、大きめの丼を抱えてくる。

冷や飯は少なめに盛り、出汁はたっぷり入れ、蜆の剝き身のほかに、生のまま千切りにした茗荷をちりばめる。

美味そうな一品だ。

ずるっとひと口啜り、忠兵衛はにんまりした。

「この味だ。出汁が効いていやがる」

「血合のない鰹の削り節を使うんですよ。ひと椀ぶんの出汁なら、塩少々と醬油を二、三滴垂らすだけでその味になります」

「けっこうな手間じゃねえか。それにこの茗荷、香りが食欲をそそるぜ」

「独り者のつくった怠け飯をそんなに褒めてくれるのは、忠兵衛さんくらいのものですよ」

そう言って、清七は腰をさする。

「腰が痛えのか」

「ええ、ちょっと」

「弁天屋の仕切りもあるしな、てえへんだろう。腕のいい鍼医者を紹介するぜ」

「ありがとう存じます」

汁かけ飯をぺろっとたいらげたところへ、琴引又四郎がやってきた。

「あっ、忠兵衛どの」

「おう、手習い指南は済んだのかい」

「大家さんに言われて、朝方できなかったぶんを補っておりました」

「しょうがあんめえ。手習いの師匠になるのが、長屋に住む条件だ。店賃もそのおかげで只になる。文句は言えねえぜ」

「もちろん、文句などありません。妻恋店を紹介してくれた忠兵衛どのには感謝しておりますよ」

又四郎は一年余りまえ、故郷の雲州から江戸へ出てきた。市中の喧嘩沙汰に巻きこまれ格上の番士を傷つけ、故郷を捨てざるを得なくなったのだ。居合技に妙味のある不傳流の免状を持ち、母里藩一万石の馬廻り役として期待されていただけに、残念がる者も少なくなかった。だが、江戸に出てきて忠兵衛と知りあってからは、充実した毎日を送っている。

又四郎もまた、帳尻屋としての顔を秘めていた。

「ところで、今日はどうされたのですか」

昨夜からの経緯を、忠兵衛はできるだけ詳しく教えてやった。

清七が溜息を吐く。

「後家殺しにござりますか」

「どっちにしろ、金絡みだろうさ」

「金絡みといえば、数日前、良介と名乗る妙な男が訪ねてまいりました。無尽の積立金を預けてもらえれば、半月で倍にして返すと囁くのです」

「そいつは、騙りだな」

「もちろん、そうおもいましたが、とある後家に信用されて、これだけの大金を預かっていると胸を張り、袋に入れた小判をみせてくれました」

ざっと、百両はあったという。

「あれだけの金をみせられると、信用してもよいかなとおもってしまうもの。人というものは、まことに愚かな生き物にございます」

清七はどうにか断ったが、良介と連絡を取ることのできる行く先を告げられた。

「それが妙なところで」

根津の岡場所を訪ねろと言われたらしい。

「ずいぶん、おおざっぱだな」

「ええ、手前なんぞには捜しようもございません。されど、お顔のひろい忠兵衛さんなら、捜しようもおありかと」

「ま、とりあえず、訪ねてみようか」

忠兵衛は夜を待って又四郎にもつきあってもらい、床店が居並ぶ大路を池之端のほうへ歩きはじめた。

四

根津権現は、不忍池をぐるりとまわって北へ少しばかり進む。

門前町の裏手には、妖しげな軒行灯がいくつも煌いていた。

「堅物のおめえさんにゃ、目の毒かもしれねえな」

この界隈は安価な女郎を抱える四六見世が多く、客のほとんどは職人だった。

侍は歩いておらず、又四郎はきまりのわるそうな顔になる。

「女郎を買いにきたわけじゃねえんだ。堂々としてりゃいい」

「ええ、言われなくてもわかっていますよ」

又四郎は志津という武家出身の娘と相惚れの仲なので、岡場所へ足を踏みいれることに抵抗があるようだ。

「かりに捜しあてたとして、良介という男をどうするつもりですか。忠兵衛どのは、殺された疑いのある後家の養子を捜していたのでしょう」

「会ってみねえことにゃわからねえが、良介って野郎が弥一郎のことを知っているような気がしたのさ。小金を貯えた後家も、無尽の積立金を集める大家も、騙りをやるやつらにしてみりゃ、いいカモだ」

「ふうん、そういうものですか」

「騙りはひとりじゃやらねえ。たいていは四、五人が組んで役割を決め、狙った獲物をあの手この手で騙そうとする」

「なるほど。されど、容易には引っかからぬでしょう」

「と、おもうだろう。ところが、引っかかるやつはけっこういる」

忠兵衛は笑いながら、丁寧（ていねい）に説きはじめた。

「ことに、年寄りは危ねえ。自分じゃしっかりしているつもりでも、物忘れは多くなるし、銭勘定もしょっちゅうまちがえる。そうかとおもえば、子どもたちから邪険（じゃけん）にされて淋しいおもいをしている者も少なくない。騙りの連中はそうした年寄りを目敏（めざと）く見極め、心の隙間にするっと忍びこむのさ」

「何だか、やけに詳しいな」

「むかし、親切にしてくれた十九文見世の婆さんがいてな、あるとき、せっせと貯めた小金を騙りの連中にそっくり持っていかれた。可愛い孫のために遺そうとおもっていた金だったらしい。婆さんは子どもたちから執拗に責められ、生きるのが嫌になって川に飛びこんじまった」

「ひどいはなしだな」

「おれは婆さんを騙した連中を憎んだ。許せねえとおもったが、そいつは帳尻屋になるめえのはなしだ。今のおれなら、婆さんの恨みを晴らしていたにちげえねえ。年寄りを騙して金を掠めとろうとするやつらは、正真正銘の屑だ。良介って野郎がまだそうと決まったわけじゃねえが、ともかく、おれは騙りの連中をぜったいに許さねえ」

忠兵衛は眸子を剝き、又四郎も黙ってしまうほどの殺気を放った。

四六見世が並ぶさきに水子地蔵を祀る祠があり、忠兵衛は祠に祈りを捧げたあと、隣に建つ葦簀掛けの小屋に足を踏みいれた。

狭い板敷きの奥に蠟燭の炎が灯っており、白塗りの老婆が座っている。

又四郎は、ぎくっとして足を止めた。

「死んでいるのか」

「心配えすんな。死んじゃいねえ」

忠兵衛が、振りかえらずに応じる。

「占い婆の豊松だ」

「えっ、豊松」

「陰間のなれの果てさ。豊松は根津の生き字引でな、神田花房町で陰間茶屋をやってる与志は知ってんだろう。でけえ草履みてえな顔の」

「忠兵衛どのの叔父御でしょう」

与志は忠兵衛の亡くなった母親の実弟だ。江戸府内に数ある岡場所の事情に精通しており、与志の名を出してさえおけば、どこへ行っても門前払いだけは免れた。

息が掛かるほどそばまで近づいても、豊松はぴくりとも動かない。

まるで、置物のようだ。

忠兵衛は袖口から小粒をひとつ取りだし、小さな床几に置く。

すると、豊松は腫れぼったい瞼をひらいた。

「誰かとおもえば、与志の甥っ子か」

やすりで擦ったような嗄れた声だ。

声も見掛けも、七十過ぎの老婆にしかみえない。

忠兵衛は、用件だけを口にした。

「良介っていう半端者を捜してる」

「すっぽんの良介なら、毎晩、おみなのところへ通ってくる」

「あんがとうよ。ところで、すっぽんってのは何だ」

「亀のことではないぞ。芝居小屋のほうさ」

「七三のすっぽんかい」

「そうじゃ」

花道のなかで舞台から三分、揚幕から七分の位置に小ぶりのせり穴が穿たれており、穴の下からは妖怪や妖術使いが登場する。

「ふうん、そうか。すっぽんから出てくるのは、人を誑かす妖術使いだ。良介ってやつはやっぱし、騙りをやる小悪党らしいな」

豊松の返事はない。

眸子を瞑り、寝たふりをしている。

忠兵衛は、ばっと袖をひるがえした。

豊松の嗄れた声が、背中に投げつけられる。

「そっからさきは闇じゃ。首を突っこめば、命を落とすやもしれぬぞ。やめておけ、臭いものに蓋じゃよ」

「へへ、おもしれえ」

忠兵衛はうそぶき、占い小屋を出る。

四六見世に灯る軒行灯には、ひとつひとつ女郎の名が書かれていた。

おみなの部屋は、表口に近いあたりにあった。

客がいる。

表戸は開けはなたれており、奥からは卑猥なよがり声が漏れていた。

又四郎は顔をしかめ、戸口へ近づこうとしない。

忠兵衛はかまわず、狭い土間へ踏みこんだ。

「ごめんよ、邪魔するぜ」

言うが早いか、土足で板の間にあがり、丸裸で汗を掻く男の髷を掴むや、外へ引きずりだす。

「この野郎、何しやがる」

怒鳴った男の鳩尾に膝頭を埋めこみ、一瞬にして黙らせた。

「あんたら、何なんだい」

おみなも乳房を垂らしたまま、戸口から顔を出す。

忠兵衛は肩をそびやかし、ぎろりと睨みつけた。

「あっ」

男の色気にあてられたのか、おみなは目をとろんとさせる。

「……だ、誰なんだい、あんた」

艶めいた声で問われ、忠兵衛は薄く笑った。

「おれは忠兵衛だ。神田の馬ノ鞍横町で口入屋をやっている」

「口入屋の旦那が何だってのさ」

「知りあいの後家さんが騙りにあってな、弥一郎って野郎を捜してんだ」

「その人は、弥一郎じゃない。良介だよ」

「ほう、そいつは申し訳ねえことをしたな。とんだ人違えだったぜ」

忠兵衛はおみなに着物を持ってこさせ、手ずから男の背中に掛けてやる。

良介は痛めた腹をさすりながら、忠兵衛と後ろに控えた又四郎を睨みつけた。

「てめえら、人違いで済ませる気か」

「まあ、そう怒るなって。おめえが弥一郎だったら、半殺しの目にあっていたんだぜ。そうならなかったことを感謝するんだな」

「弥一郎ってやつは、いってえ何をしたんだ」

「後家さんの貯めた小金と証文を盗んで逃げたのさ」

「ふうん、後家の名は」

「倉石富代。旦那は元幕臣でな、弥一郎は富代の養子だった」

「ほう、子が親を殺め、小金を抱えてとんずらしたわけか」

忠兵衛は、きらりと目を光らせる。

「後家さんが殺められたとは、ひとことも言ってねえぜ」

良介は顔を赤らめ、慌てたように取りつくろう。

「……そ、そうだったかい。おれはてっきり、後家は殺められたのかと」

「ああ、死んだよ。相対死にみせかけてな」

「相対死にみせかけた。そいつは、お上のみたてかい」

おもった以上に食いついてくるので、忠兵衛は内心でほくそ笑んだ。

「おめえの言うとおりさ。でもな、十手持ちのやつらは動かねえ。猫の手も借りてえほど忙しいんだとよ」

「それで、おめえさんが。でも、何で」

「お節介焼きな性分なのさ。ともかく、おめえにゃ申し訳ねえことをしたな。このとおり、頭を下げるぜ」

「もういいさ。済んじまったことだ」

「そうかい。なら、これでお別れだ。せいぜい、敵娼(あいかた)を可愛がってやるんだな」

忠兵衛は又四郎をともない、岡場所から風のように逃れていった。

池之端まで戻ってくると、又四郎が不満げに口をひらいた。

「忠兵衛どの、あれでよかったのですか」

「ん、何か不満でもあんのかい」

「いいえ。されど、あっさり謝ったうえに、こちらの素性までばらしてよかったのかと」

忠兵衛は薄く笑った。

「おめえさんも聞いたろう。良介は後家殺しの経緯を知っているぜ」

「たしかに、そのようでしたね」

「でもな、やつはちんぴらだ。上で糸を引いてるやつがいる」

「なるほど」

「餌(えさ)は撒(ま)いた。あとは獲物が食いつくかどうか」

十中八九食いつくにちがいないと、忠兵衛は読んでいた。

五

馬ノ鞍横町に口入屋を構えたのは、誰かと誰かを繋ぐ役目に就きたかったからだ。

手先は器用なほうだが、ものをつくって売るほどの技量はない。何かものを仕入れて売る才覚もなかった。それでも、人の役に立つ商売をはじめたくなり、いろいろ考えたすえに口入屋へたどりついた。

店はさほど大きくもないが、生活の立たない浪人たちからは重宝がられている。

金持ちではないものの、糞度胸と俠気を看板に生きてきた。掲げた看板のおかげで、おもしろい連中が集まってくる。

それが財産かもしれぬと、忠兵衛はおもっている。

午後になっておぶんが買い物に出掛けると、入れちがいに口中医の戸隠甚斎がやってきた。

「何でえ、辛気臭え面した野郎がひとりか。可愛い嫁さんの顔を拝みにきたのによ」

　甚斎はいつもの皮肉を漏らし、土産の外郎をひょいと持ちあげる。

「どうでえ、何かおもしれえはなしはねえか」

「ねえよ、暗えはなしばかりさ」

「裏の仕事があんなら、手伝ってやるぜ。ここんところ、歯を抜きにくるやつもめっきり減っちまったしな」

　甚斎は浜町河岸の高砂橋近くに看立所を構えていたが、ひと月ほどまえの鉄砲水で家財道具をことごとく流されてしまった。建物を修理して看立所は再開できたものの、患者の足は遠のいたままらしい。

「懐中が淋しくてな、涼み舟にも乗れやしねえ」

「そいつはご愁傷さま」

　忠兵衛は憎まれ口を叩きつつも、もうすぐ甚斎に頼みたいことも出てくるはずだとおもっていた。

「将棋でもやっか」

　甚斎はよほど暇なのか、草履を脱いで板の間にあがりこみ、部屋の隅から将棋盤を持ちだす。

しかも、奥のほうから冷や酒とぐい呑みを抱えて戻ってきた。

そこへ。

痩せてひょろ長い浪人が顔を出した。

眠ったような細い目、柳左近である。

「おっと、いいところに来た。左近さん、ひとさしどうだい」

甚斎に誘われ、左近は刀を鞘ごと抜く。

こっちも暇なんだなと、忠兵衛は察した。

一見すると、穏やかそうにみえる左近だが、針ケ谷夕雲の創始した無住心剣術の流れを汲む雲弘流の剣客である。

以前は、北町奉行曲淵甲斐守直属の隠密廻りに任じられていた。

捕まえた悪党のお礼参りで妻子を亡くし、その悪党と裏で通じていた与力を斬った。そのせいで奉行所にいられなくなったが、今も縁が切れたわけではない。

時折、曲淵から密命が下されてくる。伝達役は「だぼ鯊」に風貌の似た内与力の長岡玄蕃だ。忠兵衛も浅からぬ因縁で結ばれており、ちょくちょく厄介事を持ちこまれていた。

左近は又四郎と異なり、悪党を斬ることに微塵の躊躇もみせない。

寄ると死ぬ「殺生石」の異名で呼ばれ、悪党どもから怖れられている。

帳尻屋としては「切り札」ともいうべき剣客であった。

おおかた、禍事の臭いを嗅いでやってきたのだろう。

左近と甚斎は将棋盤を囲み、冷や酒を呑みながら駒を置きはじめる。

さらにそこへ、見知らぬ男がやってきた。

頬に刃物傷のある撫で肩の町人だ。

一見して、堅気でないことはわかった。

待っていた獲物にちがいない。

「こちらは蛙屋さんかい」

匕首の利いた口調で言い、ぎろりと睨みつける。

忠兵衛は上がり端まで膝を寄せ、頭を下げた。

「へえ、手前が主人の忠兵衛でござんす」

「ふうん、おめえさんがなあ」

「何かご用でも」

「てえした用じゃねえ。ただ、弥一郎って野郎を捜しているって聞いたものでな」

「ほう、どなたから」

「ふふ、惚けるのが好きらしいな。昨夜、根津の岡場所ですっぽんの良介を痛めつけたろう。良介はおれの手下なのさ」

そう言って、男は帯の背から十手を抜いてみせる。

しんとした静けさのなか、ぱちんと駒を置く音が響いた。

左近と甚斎は将棋盤を睨み、じっと聞き耳を立てている。

忠兵衛は、わざとらしく驚いてみせた。

「こいつはめえったな。いってえ、どちらの親分さんで」

「本所だよ。名乗ってやってもいいが、高くつくぜ。ふへへ、冗談だよ。おれは三つ目の伊平次ってもんだ」

聞いたことのない名だ。江戸に岡っ引きは掃いて捨てるほどいるので、知らずとも無理はない。

それにしても、まさか、十手持ちが釣れるとはおもってもみなかった。

後家殺しの闇は予想以上に深そうだなと、忠兵衛は身構えざるを得ない。

「弥一郎って野郎のことを小耳に挟んだ。後家貸しの金を盗んでとんずらした若造のことだよ。どうやら、上方に行っちまったらしいぜ。だからな、お江戸でいくら捜してもみつからねえよ」

「わざわざ、それを伝えにいらしたので」

「いけなかったかい」

「いいえ、ご親切におありがとうございます」

さっと袖の下に小粒を入れると、伊平次は口端（くちは）を吊りあげた。

「要領のいい野郎だぜ」

「親分さんの仰るとおり、上方に逃げたとなりゃ、あきらめるしかありやせん」

「そういうこった。ほかに伝えるはなしはねえ。あばよ」

余計な首を突っこむなと、暗にほのめかしているのだ。

伊平次は威（おど）しが効いた感触を得たのか、満足そうに去っていく。

忠兵衛はひょいと尻を持ちあげ、素早く草履を履（は）いた。

「おふたりさん、ちょいと留守番を頼むぜ」

納得顔のふたりに言いおき、尻をからげて外へ飛びだした。

六

鼻の利く岡っ引きを尾行するのは骨だ。

忠兵衛は気配を殺し、夕暮れの町に溶けこんだ。

たどりついたさきは両国広小路の南、薬研堀である。

大川に沿って船蔵が並んでいた。堀に架かった元柳橋のそばには、医者や薬種問屋の看板がめだつ。

伊平次は橋の北詰めに向かい、ふと足を止めて振りむいた。

怪しい人影がないのを確かめ、左手の小路へひょいと曲がる。

忠兵衛は物陰から抜けだし、小走りに近づいた。

左手へ曲がると道は暗く、すでに伊平次の影はない。

抜け裏の正面には、髪結床がある。

伊平次は左右に並ぶ黒板塀のどれかか、正面の髪結床に消えたはずだ。

忠兵衛は無理をせず、しばらく小路の入口で待ってみることにした。

暗がりに佇んでいると、日没から四半刻足らず経って、奥の髪結床から怪しげな人影がひとつあらわれた。

じっと動かずに様子を窺い、人影をやり過ごす。

伊平次ではない。

鼻先を通りすぎた優男には、みおぼえがあった。

すっぽんの良介だ。

岡場所でみたときとは、ずいぶん印象がちがう。

扮装は仲蔵縞の広袖に角帯、腹掛股引に下駄履きで、髪には髷棒を斜めに挿し、右手に「びんだらい」と呼ぶ箱を提げている。

廻り髪結に化けたのだ。

忠兵衛は迷わず、良介の背中を尾ける。

すると、横山町二丁目のさきから裏通りにはいり、橘町四丁目の露地裏へ踏みこんでいった。

行き止まりのどんつきに、黒板塀の仕舞屋がある。

軒行灯に寛永通宝の絵が描かれているので、両替商を兼ねた金貸しであろう。

良介は閉めきられた戸口に近づき、迷うことなく敲いた。

潜り戸が音もなくひらき、良介は身を屈めて内へ消える。

そのとき、女の白い腕がちらりとみえた。

金貸しは、女なのだ。

忠兵衛は、ぴんときた。

「騙りを仕掛けるにちげえねえ」

屋敷の小脇に隙間をみつけ、鰻のように潜りこむ。暗闇でも夜目が利くので、足掛かりを探して壁をよじのぼった。むかし取った杵柄だ。

忠兵衛はかつて、関東一円で名を馳せた盗人だった。仙次という錠前破りの得意な弟分と組み、金持ちの悪党だけを狙って金蔵破りをかさねた。義賊を気取って、盗んだ金を貧乏長屋にばらまいた。ところがあるとき、仙次がどじを踏んで捕まり、格上の忠兵衛は仙次の身柄と交換に縄を打たれた。拷問蔵で辛い責め苦を受け、盗んだお宝の隠し場所を吐かされたのだ。打ち首獄門の沙汰が下って覚悟を決めたとき、内与力の「だぼ鯊」こと長岡玄蕃から取引を持ちかけられた。命を助ける代わりに密偵になれと説かれ、仕舞いには折れてしまった。

帳尻屋が生まれるきっかけともなった逸話だ。

すっかり改心した今も、だぼ鯊との因縁は切れていない。

盗人だった忠兵衛にとって、建物に忍びこむのは朝飯前だ。

猫のように大屋根を歩き、瓦を器用に剝がすと、ほどなく屋根裏への潜入を果たした。

羽目板（はめいた）に耳を当て、人の気配を探（さぐ）る。

良介の招かれたさきは、すぐにわかった。

何のことはない、表口に近い土間のそばだ。

蜘蛛（くも）のように這（は）って近づき、天井板をそっとずらす。

すっと、光が射しこんできた。

良介の相手は、やはり、女だ。

髪は黒いものの、皺顔（しわがお）の老婆にほかならない。

上（あ）がり框（かまち）に座り、両手で毛受（けうけ）を持っている。

良介は後ろにまわり、黒い元結（もっとい）を切った。

小器用に髪を梳（す）きながら、ぼそぼそ喋りはじめる。

忠兵衛は息を詰め、耳に意識を集中させた。

「今日は染めずに、鬢付油（びんつけあぶら）を塗りましょうか」

「鬢付油は松金香（まつがねこう）かい」

「はい。日本橋両替町（にほんばしりょうがえちょう）は『下村（しもむら）』の松金香にございますよ」

「香りでわかるのさ」

「そうでしょうとも」

良介は柘植の櫛で髪を梳き、枝になった毛を丹念に切っていく。

そして、刷毛で鬢付油を塗りながら、おもむろに問いかけた。

「いかがです。お気持ちは定まりましたか」

「そうだね。おまえさんは信用のおけるお人だし、身代のすべてを注ぎこんでも惜しくはないよ」

「ほんとうですか」

「ああ、ほんとうだとも」

良介は手を止め、ぐすっと洟を啜る。

「泣いているのかい」

「ええ、あんまり嬉しいものだから」

「おまえさんの心意気に惚れたんだよ。預ける金額を教えなくちゃね」

「はい」

わずかな沈黙ののち、老婆は声を上擦らせた。

「一千両さ」

「……そ、それって」

「親の代から引きついだぶんも入れて、身代のすべてだよ」

「……よ、よろしいんですか」

「ああ、かまやしない」

「何て言ったらいいのか、お礼のしようもござんせん」

良介は涙を拭き、床に両手をついてみせた。

やれやれ、困ったものだ。

婆さんは、すっかり騙されている。

「ただしね、ぜんぶ揃えるまでに三日掛かる。大口の貸先から回収しなくちゃならないぶんもあるからね。待ってくれるんなら、三日のちの夕刻までには工面するよ」

「もちろん、お待ちしますよ」

「そうかい」

「ええ」

「だったら、明後日の今時分も来てくれるかい。おまえさんに髪を梳いてもらってるときが、わたしにとってはいちばんしあわせなときなんだよ」

良介は大年増の心を摑む術を心得ている。

忠兵衛はなかば驚きを禁じ得ぬまま、屋根裏からそっと居なくなった。

七

おしげ婆は、良介に騙されている。

みてみぬふりをするわけにはいかない。

金の受けわたしまでは、まだ猶予がある。

忠兵衛はさっそく、おしげ婆の周辺を調べさせた。

「金貸し婆の先代は、薬研堀で搗き米屋をやっていたようだぜ」

情報を売りにきたのは、吉原のそばで細見屋を営む俵太だ。

金のためなら平気で人を裏切る小太りの四十男だが、俵太とは持ちつ持たれつの関わりをつづけている。

「十年前に父親が亡くなったときは、かなりの財産を遺したらしい。半分は父親の遺言どおり、同居して親の面倒をみつづけていた長女のおしげが相続したみてえだ」

あとの半分は三人の弟たちが等分し、のちに甥や姪に相続された。おしげは弟たちの了解を得て搗き米屋をたたみ、遺産を元手に金貸し業をはじめたという。

「近所の評判は芳しくねえ」

強突く張りの因業婆で通っており、眉間にも深い縦皺が刻まれている。

「むかしは親孝行の優しい娘だったが、素性の知れぬ流れ者に騙されたあげくに捨てられ、父無し子を身籠もっちまった。その子が大人になって放蕩をかさねたので、おしげは勘当しちまった。そのあたりから、ひねくれた性分になったとか」

金貸しの性分などには関わりなく、金を借りたい連中はいくらでもいる。

商いのほうは順調で、蔵が建つほど金を貯めているらしかった。

「どっちにしろ、騙りの連中が狙いそうな獲物にちげえねえ」

忠兵衛は俵太に金を渡し、おしげに近づく手蔓を探った。

おもいついたのは、良介の身代わりになって髪結をつとめることだ。

屋根裏に潜んでから二日目の夕暮れ、忠兵衛は橘町四丁目の暗がりに潜んだ。

暗い空に雲が垂れこめ、今にも雨が落ちてきそうな気配である。

良介は何も知らず、髪結気取りでいそいそとやってきた。

暗がりから身を剝がし、やにわに当て身を食わしてやる。

「うっ」

こちらの顔をみる暇もなかったであろう。

辻強盗だとおもわせておくために、財布を抜きとっておいた。

昏倒した良介の足を持って引きずり、通行人たちの目が届かぬ暗がりへ放置する。

これで半刻足らずは、ときを稼ぐことができるにちがいない。

短くとも、おしげに会って疑念を植えつけることが重要だった。

忠兵衛は粋な蝙蝠縞の浴衣を纏い、右手に良介から奪った「びんだらい」を提げ、髪結にうまく化けて、おしげの家を訪ねた。

「良さんかい」

奥から声を掛けられ、忠兵衛は満面に笑みを張りつける。

「良介のやつが夏風邪をひいちまいましてね、兄弟子の忠兵衛でござんす。よろしければ今日だけは、手前に髪を梳かせてもらえませんか」

あからさまに警戒されたが、笑顔だけはくずさない。

おしげは、ほっと溜息を吐いた。

「おまえさんにできるかねえ」

「たぶん、良介より上手だとおもいますよ」

「ほんとうかい」

「ものはためしと申します。いかがです、お代は半分にまけておきますよ」

「おや、半額ならやってもらおうかね」

照降町の『など屋』で買った剃刀と、池之端の『十三屋』で求めた梳き櫛だけは自前だった。

忠兵衛はおしげを床に座らせると、後ろにまわって髪を梳きはじめた。

なかなか、堂に入っている。

おしげもまんざらではないようで、文句ひとつ言わない。

「何なら、洗ってさしあげましょうか」

と、忠兵衛は優しく囁いた。

「えっ」

まずは、湯を沸かして大盥に満たす。

床に布団を敷き、戸惑うおしげを優しく導いて仰臥させ、高い枕に首を置かせた。

天井を向かせる格好で髪を解き、大盥のぬるま湯で髪を洗いはじめる。

おぶんにも好評な洗髪だ。

「いかがです。なかなかのものでしょう」

「ほんとうだ。良さんは、こんなことをしなかったよ」

「教えていませんから。極上のお客さまにしかしない手業なんですよ」

忠兵衛は髪を洗いおわると、おしげを座らせ、手拭いで髪をよく拭いてやる。

そして、お歯黒と鬢付油を使って髪を丹念に染め、乾かしているあいだに肩を揉みはじめた。

「おまえさん、そんなこともできんのかい。按摩さんみたいだね」

「ちょいと触っただけで、凝っているところがわかります」

「そうかい」

「こいつは相当な凝りだ。心労がひどいな」

「そうなのさ。勘当した息子が、先日、ひょっこり顔を出してね。金をせびりにきたんだよ。もちろん、家にも入れずに追いかえしたさ。あんなやつ、親でもなければ子でもない」

「そうですか、息子さんのことでお悩みなんですね」

おしげは、細すぎて折れそうな首を横に振る。

「息子だけじゃないさ。甥っ子や姪っ子が用事をみつけてはやってくる。優しい顔をしているけど、みんな身代が目当てなのさ」

「金があるっていうのも考えものだな。でえち、近づいてくる連中が、みんな悪人にみえちまう」

「でもね、悪人ばかりでもないんだよ」

「えっ、それはまた、どういうことで」

「おまえさん、人がよさそうだから教えたげる。ひとりだけ信用のおけるお人がいてね、貯えをそっくり預けようかとおもっているのさ」

ほらきたと、忠兵衛は身構えた。

「その方に預ければ、蓄財が倍に殖えるとか」

「三倍だよ。乗らぬ手はないだろう」

「ひょっとして、先物買いじゃございませんか」

「おや、何でわかるんだい」

「じつは、わたしのお客さままで、全財産を一瞬で失った方がございます」

「何だって」

「ご安心を、おしげさんのようなしっかりしたお方とはちがいますから、ご参考にはならぬおはなしかも」

「聞き捨てならないねえ。教えておくれでないかい」

「お望みならば、おはなしいたしましょう」

　忠兵衛は座りなおし、襟を正した。

「騙りにやられたのですよ」

「だとおもった。わたしは引っかからないよ。お金に関しては素人じゃないからね」

「そうでしょうとも。まさか、ご信用しているお相手は、権兵衛という名ではございませんよね」

「えっ、騙りの名は権兵衛っていうのかい」

「名無しの権兵衛ですよ。ほんとうの名はわかりません。すっぽんの異名で呼ばれている優男でござんす。すっぽんは亀のほうではなく、芝居小屋の花道に穿たれた小ぜりのことだそうです。すっぽんから登場するのは妖術使いと決まっておりますので、それを騙りに掛けたのだとか」

　おしげは黙った。機嫌を損ねたらしい。

「おまえさん、ひょっとして、そのことを伝えにきたのかい」

「えっ」

「権兵衛ってのは、良さんのことなんだろう」

「まさか」

わずかな沈黙のあと、おしげはぽつりと言った。

「いいんだよ」

「えっ」

「良さんが騙りでも、あたしゃいっこうにかまわない」

「騙されてもいいと仰るので」

「いいさ。良さんはまめに訪ねてきてくれた。何でも相談に乗ってくれたし、おまえさんみたいに肩も揉んでくれたんだ。ほんとうの息子ならどれだけよいかって、何度おもったかしれない。じつの息子や親類縁者なんぞより、よっぽど親身になってくれたんだ。騙されたって文句は言わない。本望さ。どうせ、老い先短い身なんだ。下手に身代を遺したら、息子や親戚どもが争うに決まっている。あいつらは禿鷹さ。よいことなんか、ひとつもないんだよ」

おしげはあきらかに、孤独をかこっている。周囲から疎んじられ、生きる気力を失いかけているのだと、忠兵衛はおもった。

良介は、老婆の疲弊した心の隙間にまんまと忍びこんだ。

おしげを説得するのは、おもった以上に難しそうだ。

忠兵衛は骨張った肩を揉みつつ、算段を練った。

「ああ、極楽だねえ。このまんま、逝っちまいたいよ」

たとい、それが本音だとしても、何とかしなければなるまい。

「おまえさん、何でそんなに親切にしてくれるんだい」

ふいに尋ねられ、忠兵衛はこたえた。

「何やら、死んだおっかさんに似ているんですよ」

「あたしがかい」

「ええ」

まんざら、嘘でもなかった。

肩を揉んでやりながらはなしているうちに、薄れかけていた母親の面影が蘇ってきたのだ。

「ご機嫌を損ねたようなら、申し訳ござんせん」

「そんなことはないよ。揉んでもらえばわかる。おまえさんの気持ちは伝わったよ」

「おありがとう存じます」

なぜか知らぬが、もう少しで涙が零れそうになった。

八

忠兵衛が廻り髪結に扮した日、すっぽんの良介は我が身に起こったことに不安をおぼえながらも、おしげのもとを訪ねていた。

おしげの偉いところは、何事もなかったように対応したことだ。忠兵衛のことを漏らしもしなかった。騙りに気をつけるようにと忠告に訪れたお節介焼きのことを気遣ってくれたのだ。

おかげで、良介は約束どおりに三日目の夕暮れ、おしげから一千両を受けとるべく、いそいそとやってきた。きっぱり断ってくれるものと期待したが、おしげはすでに用意していた千両箱をあっさり渡してしまった。

忠兵衛は物陰から成りゆきを見守り、人とはこうも易々と騙されるものなのかとおもった。

もちろん、おしげも騙されたいわけではない。

誰かの善意を信じたいのだ。じつの子や親類縁者ではなく、いつも優しく接してくれた良介に一縷の望みを託しているにちがいない。

だが、騙りをやる連中は良心の欠片も持ちあわせていなかった。

善意と無縁の悪党どもが弱き者を騙し、金を掠めとろうとしている。

良介にとって、おしげは葱を背負った鴨にほかならず、金さえ奪えば用はない。

蓄財を失った年寄りがどうなろうと、良心の呵責すら感じないのだろう。

「そんなやつらを野放しにしておくわけにゃいかねえ」

忠兵衛は薄暗がりのなか、千両箱を抱えた良介の背中を追いかけた。

行き先の見当はついている。

案の定、たどりついたさきは薬研堀の髪結床だった。

おおかた、騙りの連中の根城なのだろう。

忠兵衛は二刻ほど、町木戸の閉まる亥ノ刻を過ぎるまで、粘り腰で髪結床を張りこみつづけた。

すると、暗闇のなかに動きがあった。

良介とおぼしき男が、裏口から荷車を押してあらわれたのだ。

ほかにも、ふたつの人影があった。

ひとりは、岡っ引きの伊平次にまちがいない。

もうひとりは、みたことのない若造だ。ただし、鰓の張った容貌の特徴から、弥一郎という名が頭に浮かんだ。倉石富代から金品と証文を奪って逃げた養子のことである。

積まれた荷は箱をいくつか重ねて縄で縛ったものらしく、まわりは筵で覆われていた。

方々の年寄りたちから掠めとった金かもしれない。

稼ぎがまとまったので、どこかへ移そうとしているのだ。

気づかれぬように荷車を尾行していくと、桟橋にたどりついた。

渡しに使われていない隠し桟橋のようで、小舟が一艘だけ繋いである。

「ちっ」

忠兵衛は急いで踵を返し、両国大橋のほうへ走った。

馴染みでもない船宿に繋がった小舟を断りもせずに拝借し、みずから棹を挿して川下に船首を進める。

隠し桟橋まで戻ってみると、すでに船影はない。

大川に目を向ければ、艫灯りがうっすらみえた。

「あれだ」

運はまだ逃げていない。

両手で櫓を握り、慎重に舟を近づけていった。

流れの迅い大川を苦労して渡り、対岸をめざす。

前方の舟が向かったのは永代橋にほど近い深川佐賀町の一角だった。

ゆっくりと船首を進め、上流寄りの少し離れたあたりで岸に近づける。

桟橋はない。腰のあたりまで水に浸かり、舟はその場から流してしまったものの、どうにか陸へあがることはできた。

背丈よりも高く繁った葦を手で分け、隠し桟橋に近づいていく。

「急げ、ぐずぐずするな」

伊平次の指図にしたがって、荷下ろしがすすんでいた。

一味の人数は六人、いつのまにか倍に増えている。

大掛かりな組織であることは容易に想像できた。

荷を積んだ新しい荷車は、そのまま川に沿って北のほうへ牽かれていき、居並ぶ土蔵のひとつに消えていった。

――ずずっ。

石扉のひらく重々しい音が、腹に響いてくる。

じっと息を潜めて待ち、人の気配が消えたあと、忠兵衛は土蔵へ近づいた。

漆喰壁の上方に「蟇」の屋号がみえる。

「油問屋か」

蟇屋呑十という大店の蔵だ。

蟇屋は後発だが、肥前平戸藩六万一千石の御用達になったばかりで、近頃は大名貸しもやっているとの噂がある。平戸藩松浦家には大名行列の際などに供人を口入している関わりから、忠兵衛も蟇屋の名は知っていた。が、主人の呑十にはお目に掛かったこともない。

「まさか、蟇屋が」

騙りの元締めなのだろうか。

そうだとすれば、予想以上の大物と対峙することになる。

「めえったな」

忠兵衛は吐きすて、ぶるっと武者震いした。

九

忠兵衛はさっそく行動に移った。

騙りの全容を知るには、一味の誰かを責めて吐かせるのが手っ取り早い。

狙った相手は、鰓の張った若造だった。

若造が弥一郎ならば、倉石富代殺しの真相も聞きだすことができるかもしれない。

蔓屋の土蔵を張りこんでいると、鰓の張った若造が良介にともなわれて石扉から出てきた。伊平次やほかの仲間を待とうとはせず、ふたりは徒歩で永代橋のほうへ向かう。

忠兵衛は闇に紛(まぎ)れ、ふたりのあとを追った。

黒い川面の流れをみつめながら永代橋を渡り、日本橋川の注ぎ口に架かる豊海橋(とよみばし)を左手に渡りきる。そのさきは霊岸島(れいがんじま)だ。

ふたりは連れだって、新川(しんかわ)沿いの居酒屋にはいった。

夜明かしの赤提灯(あかちょうちん)で、見世のなかはけっこう賑(にぎ)わっている。

客を装って縄暖簾(なわのれん)を振りわけると、禿(は)げた親爺(おやじ)が胡散臭(うさんくさ)そうに睨みつけてきた。

「あいつも悪党の仲間か」

疑いつつ、冷や酒と冷(ひ)や奴(やっこ)を注文する。

良介たちはこちらを気にも掛けず、陽気に酒盛りをはじめていた。

親爺が冷や酒を持ってくる。

「奴はねえ。これで我慢してくれ」

出された肴は、鯣を油で揚げた一品だ。

脚を囓ってみると、なかなかいける。

忠兵衛は冷や酒を舐め、じっと耳をかたむけた。

「へへ、まんまと嵌めてやったぜ。正直、これほど上手くいくとはな」

良介は「げへへ」と下品に笑い、鰓の張った若造の肩を叩く。

そして、期待どおり、相手の名を漏らした。

「なあ、弥一郎よ、おめえもこれで流れってやつがわかったろう。なあに、肝を据えて掛かれば、てえしたことはねえ。な、そうだろう」

「へえ」

「ふん、丁稚小僧みてえな返事をしやがる。辛気臭え面だぜ。ひょっとして、良心が痛むのか」

「いいえ、そんなことは」

「ねえだろうなあ。なにせ、おめえにゃ悪党の素質がある。伊平次の兄貴もそう見込んだから、おめえを仲間に入れたんだぜ。裏切ったらどうなるか、わかってんだろうな。水をたらふく呑まされ、大川にぷっかり浮かぶんだぜ」

「そりゃもう、わかっております」

「ならいいや。さあ、呑みな。呑んで浮き世を忘れろ。金ならいくらでもある。ほら、みせてやるぜ」

良介は袖口から小判を数枚取りだし、扇のようにひらいた。

「へへ、これだよ。この色さ」

うっとりと小判を眺め、さっと袖口に仕舞いこんだ。

禿げた親爺が、冷や酒のお代わりと揚げた鰯を持ってきたからだ。

良介がみせびらかした小判は、おしげから掠めとったものだ。

それをおもうと、腹が立って仕方ない。

忠兵衛は盃を干し、親爺に冷や酒のお代わりを注文した。

良介の声が聞こえてくる。

「弥一郎よ、世の中ってのはな、出しぬくか出しぬかれるか、ふたつにひとつだ。人を信じて騙されるやつが莫迦なのさ。おめえも、そのうちにわかる。騙される年寄りどもは人の善意に縋りたくて、うずうずしていやがるんだ。おれさまの仕掛けは、枯れかけた木に水をくれてやるようなものさ。年寄りなんぞ、ちょいといたわってやりゃ、いちころなんだよ」

「へえ」

「いいか、年寄りどもを手玉に取る術をおぼえさえすれば、おもしれえように稼げるんだぜ。月に五十両や百両も夢じゃねえ。だからな、黙っておれに従いてこい」

良介はさんざ兄貴風を吹かせ、半刻ほどすると勘定を済ませて見世から出ていった。

弥一郎も少し遅れて外に飛びだす。

忠兵衛も勘定を済ませ、ふたりにつづいた。

良介は川縁に立ち、川に向かって小便を弾いている。

忠兵衛は何をおもったか、すたすた歩いて弥一郎を脇から追いこし、良介の背後に近づくや、ものも言わずにどんと背中を蹴りつけた。

「ひゃっ」

短い悲鳴とともに、良介が消える。

——ばしゃっ。

水飛沫があがった。

存外に川の流れはきつい。

容易に這いあがってくることもできまい。

振りむけば、弥一郎が棒のように佇んでいる。

にやりと、忠兵衛は笑いかけてやった。

「おめえがやったんだぜ。少なくとも、良介はそうおもうはずだ」

「くっ」

弥一郎は逃げようとして、足を縺(もつ)れさせる。

忠兵衛は素早く追いつき、腕を取って後ろに捻(ひね)った。

「おめえに逃げ場はねえ。おとなしく従いてきな」

「……だ、誰だあんたは」

「誰だっていい。言うことを聞きな」

「こんちくしょう」

悪態を吐きつつも、弥一郎に抗う力はない。

川を振りかえっても、良介の影はなかった。

「大川まで流されて溺(おぼ)れちまったかもな。それならそれで、おめえも楽になるんじゃねえのか」

忠兵衛は弥一郎の襟首を摑み、引きずるようにどんどん歩く。

たどりついたさきは浜町河岸の一隅、鉄砲水で流されかけた高砂橋のそばだ。

安普請の看立所には「虫歯知らず」と拙い字で書かれた看板がみえる。

表戸を乱暴に敲くと、甚斎が眠そうな顔を差しだした。

「誰かとおもえば、忠の字か」

「お望みどおり、客を連れてきてやったぜ」

「ほう、そうかい」

甚斎は途端に眸子を輝かし、奥へ引っこんだ。

「連れてきな。支度はいつでもできてるぜ」

その声を聞くや、忠兵衛は拳を固める。

「うっ」

弥一郎は当て身を食らい、気を失った。

ぐったりしたからだを肩に担ぎ、忠兵衛は大股で奥に進んでいく。

板の間の隅には、人ひとりが腰掛けられるように床几が設えてあった。

忠兵衛が弥一郎を座らせると、甚斎のほうは手慣れた仕草で両手足を床几に縛りつけていく。

頭と首も革紐できつく縛りつけ、床几にしっかりと固定する。

「よし、これでいい」

甚斎はやっとこを右手に握り、弥一郎の口をこじ開けた。

前歯をやっとこで挟み、ためらいもみせずに引っこ抜く。

「ひぇっ」

弥一郎が眸子をひらいた。

恐怖の色が滲む瞳に、忠兵衛の顔が映しだされる。

「……な、何しやがる」

弥一郎は呻き、口から血を流した。

忠兵衛は中腰になり、じっとみつめる。

「痛くねえらしい。あと二、三本はいけそうだな」

「へへ、ありがてえ」

甚斎は笑みを漏らし、痛みに歪んだ口にやっとこを近づける。

弥一郎はやっとこを入れまいと、口をぎゅっと結んだ。

「ご愁傷さま。その手は通用しねえんだ」

甚斎は左手で鼻を摘まみ、弥一郎が息苦しくなって口をひらいた瞬間、やっとこをねじこんだ。

狙いどおり、がっちりと奥歯を挟む。

「やったぜ。いっち痛え歯だ」

やっとこを左右に動かすと、弥一郎は目に涙を浮かべて呻いた。

甚斎はうえから覆いかぶさるように力を掛け、挟んだ奥歯を根こそぎ抜く。

「ぬぎゃ……っ」

あまりの痛みに、弥一郎は気を失った。

すかさず、口をこじ開け、こんどは反対側の奥歯をやっとこで挟む。

弥一郎は覚醒し、首を振ろうともがいた。

「……か、堪忍してくれ」

血の混じった涎を垂らし、必死な目で訴える。

忠兵衛がうなずくと、甚斎はようやく身を離した。

「やっと喋る気になったか。こっちの問いに正直にこたえたら、痛えおもいをしねえで済む」

「何が聞きたい」

「養母のことさ。倉石富代を殺ったのは誰だ」

「……し、知らねえ」

「なるほど、もう一本抜いてほしいみてえだな」

忠兵衛のことばで、甚斎がのっそり身を乗りだす。

「……ま、待ってくれ。殺ったのは、伊平次っていう岡っ引きだ」

「ふうん、そうかい。朝次郎とかいう島帰えりのちんぴらも、伊平次に殺られたのか」

「そう聞いた」

「誰に聞いた。良介か」

「ああ、そのとおりだ」

因業婆は見も知らぬ若え男と相対死にさせてやったと、良介に聞かされたらしい。

「最初から金だけを奪って、養母を殺める腹だったのか」

「いいや、そうじゃない。婆のやつが掌返しをしやがった。掛け子の良介さんに五百両を預けるって約束したのに、受けわたしの直前、やっぱりやめたと突っぱねたんだ」

頭に血をのぼらせた良介が伊平次を呼びつけ、威しつけたところ、ひらきなおった富代は出るところへ出ようと応じた。そこで、伊平次は刃物を使うしかなくなった。勝手の流しにあった出刃包丁で心ノ臓をひと突きにしたあとは、良介にも手伝わせて、殺しを隠蔽するために相対死にの工作をおこなったのだという。

忠兵衛は、表情ひとつ変えない。

「年寄りを騙くらかす役目のことを、おめえらは掛け子と呼んでんのか」

「ああ、そうさ。掛け子になるにゃ、最低でも三年は掛かる。番頭に力量を認められてはじめて、一人前の掛け子になるのさ」

「番頭ってのは誰だ」

「伊平次さんだよ。あの人の下には、良介さんのような掛け子が何人もいる」

「ほほう。それで、番頭の上には誰がいる」

「旦那さ」

「そいつは、蟇屋呑十のことか」

「たぶん、そうだとおもう。旦那は大ぜりの蟇と呼ばれていて、おれたちみたいな下っ端には顔もみせない」

「大ぜりの蟇か。まるで、盗人一味の頭目みてえな通り名だな。それで仕舞えか」

「いいや、旦那の上には大旦那がいる。雲の上のお人さ。良介さんでさえ、大旦那の素性を知らない」

騙りの組織(しくみ)が、おぼろげにみえてきた。

蟇屋の後ろには、黒幕が控えているようだ。

忠兵衛は身を寄せ、苦い顔をしてみせる。

「養母を殺められても、おめえは平気でいられるのか。殺めた悪党どもとつるんで、良心は痛まねえのか」

詰められ、弥一郎は涙ぐんだ。

「仕方ないじゃないか。逃げたら消されるんだ」

「おめえの流す涙が本物なら、逃がしてやってもいいぜ」

「えっ」

忠兵衛は匕首(あいくち)を閃(ひらめ)かせ、紐を切ってやる。

「ほれ」

袖口から小判を三枚取りだし、震える手に握らせてやった。

「路銀(ろぎん)に使え。朝一番で上方に起(た)つんだ」

「……あ、あんた、いったい誰なのさ」

「おめえは知らなくていい。振りむかずに東海道を西へ行け。後始末は、おれがやっておく。何もかも忘れて、一から出なおすんだ。わかったな」

「……は、はい」

弥一郎は深々と頭を下げ、外の暗闇に飛びだしていった。

「あれでいいのか」

甚斎が心配そうに聞いてくる。

「こいつは賭けだ」

と、忠兵衛はこたえた。

良心の欠片でも残っていれば、弥一郎は上方で生きのびるだろう。

さもなければ、悪党どものもとへ戻り、一部始終を吐かされたあげく、土左衛門になって川へ浮かぶにちがいない。

「あいつ次第さ」

忠兵衛は横を向き、ぺっと唾を吐きすてた。

十

夕の八つ刻なのに、暮れ六つのような空だ。

「ひと雨きそうだな」

忠兵衛は柳左近につきあってもらい、呉服橋の北町奉行所へやってきた。

駄目元で「だぼ鯊」に面談を求めようと考えたのだ。

騙りの首謀者とおぼしき相手が雄藩の御用達だと知った以上、公儀のお墨付きを得ていたほうが得策だと判断した。何もかもひとりで背負いこむのは、忠兵衛の悪い癖だ。甚斎にも「使える相手は使っておけ」と助言され、冷静に算盤を弾いた。

東向きに配された正門は、黒渋塗りに白漆喰の海鼠塀を設えた堂々たる長屋門である。

「いつ来ても身震いするぜ」

元は盗人だっただけに、門を仰ぐと逃げだしたくなる。

一方、左近のほうは複雑な心境にちがいない。以前は、一日に何度となく行き来した門だからだ。

門番に取次を頼むと、ほどなくしてはいることを許された。

「あっしも左近の旦那も、この門をずっと毛嫌いしておりやしたね。でも今は何ともおもわねえ。これも、ときの流れってやつのおかげかも」

左近は同意もせず、ひと足さきに門を潜った。

正面玄関の式台まで、幅六尺にきっちり合わせた青板の敷石が延びている。

左右一面には那智黒の砂利石が敷きつめられ、左手の壁面には天水桶が堆く山形に積まれていた。壁の向こうは白洲だ。かつて一度だけ、忠兵衛も座ったことがある。静寂のなかに響きわたった町奉行曲淵甲斐守の声は、今も耳に残っていた。

ふたりは自然と黙り、玄関の階段を三段上る。

式台の柱も羽目も総檜なので、よい香りが漂っていた。

当番所から若い与力があらわれ、向かって右手の継ノ間へ案内される。

しばらく待っていると、だぼ鯊が迷惑そうな顔であらわれた。

「奉行所を訪ねてくるなと言うておったはずだぞ」

「それは重々承知しておりやすが、至急お耳に入れたいことが」

「さほど猶予はない。手短にはなせ」

だぼ鯊は投げすてるように言いおき、上座にでんと座る。

忠兵衛はひれ伏し、くいっと顔をあげた。

「騙りにごぜえやす」

富代殺しからの経緯をかいつまんではなすと、黙って聞いていただぼ鯊は腰を持ちあげた。

「松浦家の御用達に縄など掛けられぬ」

「されど、蟇屋呑十を捕らえて責めれば、騙りの一味は芋蔓(いもづる)にできやす。後ろに控える黒幕の正体も、きっとわかるんじゃねえかと」

「わからなんだときは、どうする。先走って功を焦(あせ)ったと、このわしが周囲から誹(そし)りを受けよう。それだけならまだしも、松浦家からも苦情がこよう。御用達を得手勝手に捕まえて、藩の威信を傷つけたとな」

「助けてくだされねえと仰るので」

「吹けば飛ぶような口入屋を助けても、何ひとつ益(えき)はない」

「お江戸の芥(あくた)が減りやすぜ」

「ほかにも大きな芥はある。わしは今、念仏小僧(ねんぶつこぞう)の探索に掛かりきりでな」

「念仏小僧」

「おぬしも聞いたことがあろう。殺して犯(おか)して火をつける。始末に負(お)えぬ盗人一味のことさ。騙りなんぞに手を割(さ)いておられぬわ」

だぼ鯊は吐きすて、部屋から出ていこうとする。

「お待ちを」

　忠兵衛は粘った。

「それなら、あっしら帳尻屋で片を付けさせてもらいやす。あとから四の五の言わせやせんぜ」

「ほほう。おぬし、いつからそんな口がきけるようになったのだ。今そうやって生きていられるのは、誰のおかげだとおもっておる。ふん、よかろう。勝手にするがよい。おぬしらが何をしようと、こっちはお構いなしだ」

「お構いなし」

　それは悪党に引導を渡すお墨付きを与える文言とも受けとられ、それだけでも足労した甲斐はあったと、忠兵衛はおもった。

　だぼ鯊は襖を乱暴に開け、慌ただしく出ていった。

　奉行所の門から外へ出た途端、ざっと雨が降ってくる。

「夕立かよ」

　左近とともに、長屋門の軒下へ走りこむ。

「畑に出たばかりの年寄りめがけて、鉄砲弾のような雨が襲ってくる。肥前のあたりでは、そいつを『婆威し』と呼ぶらしい」

地べたを穿りかえすほどの激しい雨をみつめ、左近がおもしろいことをつぶやいた。

「『婆威し』か」

まるで、騙りの連中をさす呼び名のようだ。

忠兵衛は左近と別れ、濡れ鼠の格好で橘町へ向かった。

金を奪われたおしげのことが、朝から気になっていたのだ。

足を踏みいれると、周囲が水に浸かったようにみえた。

おしげの家がある小路までやってくると、辻陰から覗いている若い男がいる。

しょんぼりと頭を垂れ、踵を返しかけたところへ、忠兵衛はちょうど行きあった。

「おめえは誰だ。おしげさんに何か用でもあんのか」

怒鳴りあげると、若い男は充血した目を向ける。

「……お、おれは寿一と言います」

「ひょっとして、おしげさんの一人息子か」

「……は、はい」

放蕩をかさね、勘当された息子だ。

「また、金を無心にきたのか」

「いいえ、ちがいます」

「それじゃ、何だ」

「別に……他人さまにおはなしするようなことじゃ」

忠兵衛は一歩踏みだし、寿一の胸ぐらを摑んだ。

「焦れってえ野郎だ。どうしてえのか言ってみな」

「……い、言います。手を放してください」

手を放すと、寿一は濡れた襟元を整えた。

「おふくろに孝行がしたくなったんです」

「けっ、びっくりするような嘘を吐きやがる」

「嘘じゃありません。おふくろには今まで、さんざ迷惑を掛けてきた。その罪滅ぼしがしたいんです」

「おめえ、本気か」

「はい」

みつめる瞳に嘘はない。

忠兵衛は溜息を吐いた。

「その気持ちが伝われば、おしげさんも許してくれるだろうぜ。でもな、世の中ってのは上手くいかねえようにできていやがる」

「どうしてですか」

「余計なはなしかもしれねえが、おしげさんは無一文になった」

「えっ……そ、それはまた何で」

「騙りにやられたのさ。本人はまだ気づいてねえかもしれねえ。だがな、二、三日もすりゃ、わかるはずさ。良介って野郎の口車に乗せられ、貯えをぜんぶ引っぺがされたんだよ」

寿一は黙った。ことばを失っている。

雨脚がいっそう激しさを増すなか、忠兵衛は三白眼に相手を睨みつけた。

「一文無しの母親でも戻ってやる気があんなら、おれはおめえを認めてやる。そこんところを、ようく考えてみるんだな」

忠兵衛は寿一をひとり残し、撥ねを飛ばして走りだす。

馬ノ鞍横町の店に帰ってみると、口中医の甚斎が待っていた。

着物が濡れていないところをみると、夕立が降るまえから待っていたのだろう。

「耳の痛えはなしを持ってきたぜ。昨日の若造が大川の百本杭に浮かんだ」

「えっ、弥一郎が」

「殺られたのさ。心ノ臓をひと突きだとよ」

ほとけの口にはこれみよがしに、小判がくわえさせられていたという。

「路銀にと授けた一枚えにちげえねえ。忠の字よ、賭けに失敗ったな」

「くそったれめ」

忠兵衛は悪態を吐き、虚ろな目を宙に泳がせた。

十一

三日後。

平戸藩松浦家の下屋敷は、本所の北寄りにある。

横川と繋がる北割下水や蜆で知られる業平橋にもほど近い。大川でもっとも近い渡しは竹町の渡しで、対岸は浅草の並木町だ。

茹だるような炎天にも関わらず、下屋敷門前の往来には大勢の人が集まっている。

耳を澄ませば、蟇の油売りの口上が聞こえてきた。

「さあさあ、お立ちあい。ご用とお急ぎでない方は、ゆっくりと聞いておいでよ。遠出山越え笠のうち、聞かざるときはものの白黒出方善悪がとんとわからぬときた……」

油売りは誰かと言えば、忠兵衛の化けたすがたにほかならない。

しかも、かたわらには白鉢巻き(しろはちまき)に白襷(しろだすき)姿の柳左近までがいる。

見物人たちは何がはじまるのかと期待して足を止め、押すな押すなの大騒ぎだ。

下屋敷の門前だけに、松浦家の番士たちも大勢混じっていた。

「……さてお立ちあい、手前ここに取りいだしたるは筑波山(つくばさん)名物蟇の油、蟇と申してもただの蟇と蟇がちがう。これより北、北は筑波山のふもとは、おんばこという露草(つゆくさ)を喰(くろ)うて育った四六(しろく)の蟇、四六五六はどこで見分ける。前足の指が四本、後足の指が六本合わせて四六の蟇、山中深く分けいって捕らえましたるこの蟇を四面鏡張りの箱に入れたるときは、蟇はおのがすがたの鏡に映るをみて驚き、たらありたらありと脂汗(あぶらあせ)を流す。これを梳(す)きとり柳の小枝にて三七二十一日間、とろおりとろおりと煮つめましたるがこの蟇の油。この油の効能は、ひびにあかぎれ、しもやけの妙薬、まだある、大の男の七転八倒する虫歯の痛みもぴたりと止まる。まだある、出痔いぼ痔、はしり痔、腫れ物いっさい、そればかりか刃物の斬れ味を止める。これより抜きはなつは夏なお寒き氷の刃、心形刀流抜合いの神技をとくとご覧じろ……」

歯切れのよい口上とともに、左近の登場となる。

懐中から何の仕掛けもない奉書紙を一枚取りだし、見物人たちにみせてまわった。

「いぇい」

気合い一声、奉書紙を宙へ抛るや、目にも止まらぬ速さで腰の刀を抜きはなつ。

忠兵衛の口上に合わせて、左近は縦横無尽に刀を振りまわしはじめた。

「……一枚が二枚、二枚が四枚、四枚が八枚、八枚が十六枚、十六枚が三十と二枚、三十二枚が六十四枚、六十枚が一束と二十八枚、ほれこのとおり、ふっと散らせば比良の暮雪は雪降りのすがた……」

左近の「神技」にたいして、鈴生りの見物人たちから万雷の拍手が沸きおこる。

「……これなる名刀も、ひとたびこの蟇の油をつけるときはたちまち斬れ味が止まる。押しても引いても斬れはせぬ。と言うても、鈍刀になったのではない。このようにきれいに拭きとるときは元の斬れ味となる。さあて、お立ちあい。蟇の油の効能がわかったら遠慮は無用だ、どしどし買っていきやがれ」

「買った」

まっさきに声を発したのは、さくらで呼んだ粂太郎だった。

つられて「買った買った」の声が連呼し、蟇の油は飛ぶように売れていく。

すっかり売りつくして野次馬たちも散ったとき、風采のあがらぬ月代頭の勤番侍が声を掛けてきた。

「おいこれ、油売り。口上と居合を酒席で披露せぬか」

待ってましたとばかりに、忠兵衛は飛びついた。

勤番侍の名は春木友之進、松浦家の勘定組頭だ。

その夜、忠兵衛は春木に命じられたとおり、左近ともども深川洲崎の『二軒茶屋』まで足労した。

弁財天を祀る吉祥寺の境内、平屋を二軒連ねた茶屋は値の張ることで知られている。

宴席を主催するのは誰なのか、招かれた主賓は誰なのか、何ひとつ知らされていなかったが、手入れの行き届いた中庭に面した奥座敷には、期待どおりの面々が雁首を揃えていた。

上座の脇息にもたれた偉そうな馬面は西脇大膳といい、春木によれば「今や飛ぶ鳥を落とす勢い」の勘定奉行らしい。

一方、下座に控える二重顎の商人は、教えてもらわずとも誰かわかった。

蟇屋呑十である。

外見は屋号そのままの大蟇にほかならない。

その蟇屋呑十が宴席を催すにあたり、組頭の春木に「おもしろい趣向はござりませぬか」と相談を持ちかけていた。主賓でもある西脇の配下に持ちかける相談ではなかったが、頻繁に宴席を催しているので、演し物のねたも尽きかけていたらしい。春木のほうも蟇屋に気を遣い、それとなく演し物を探していたのだ。

忠兵衛の油売りは、まさに、渡りに舟というべきものだった。

もちろん、蟇屋や春木の悩みをあらかじめ知ったうえでの仕掛けである。

すでに、忠兵衛は勘定奉行の西脇大膳が騙りの黒幕であろうと目星をつけてもいた。

西脇が組頭筆頭から一足飛びに勘定奉行へ出世できた背景には、藩政を司る重臣たちへ湯水のごとく金をばらまいた経緯が隠されている。大金を用立てたのは、蔓屋にほかならない。それがどれだけ阿漕な手法で集められた金であろうと、西脇はまったく意に介さなかった。出世しかみえていなかったのだ。

見込んだ相手がめでたく勘定奉行になり、蔓屋は見返りに御用達の地位を得た。藩内では毎年膨大な油が消費される。それらすべてを賄うお墨付きを得たわけで、大金を注ぎこんだ価値はあったと言わねばなるまい。

そもそも、蔓屋呑十は蔓の油売りから身を起こし、一代で身代を築きあげた。檜舞台のうえへ一気に押しあげられた勢いを喩えて「大ぜりの蔓」と綽名されるようになったらしい。

手法は荒っぽく、競合相手を出しぬくことで頭角をあらわした。口上の巧みさが人を騙したり賺したりすることへと繋がったのだ。常日頃から「狙った獲物はかならず手に入れる」と、口癖のように繰りかえしていた。平気で人を誑かし、金の力で何でもできると信じている。驕り高ぶった蔓屋の性分が騙りの組織を築かせたのではないかと、忠兵衛は睨んだ。

放っておけば、平戸藩松浦家にも悪影響をおよぼしかねない。

六万一千石が内側から食いあらされ、屋台骨が朽ちる恐れもあった。

いる。

もちろん、正面切って訴えでても、取りあってくれる藩士はいない。一笑に付されるだけのはなしだ。何せ悪事の証拠はなく、あっても隠蔽されるに決まっている。

だぼ鯊にも突きはなされたとおり、自分たちで片を付ける以外に方法はなかった。

平戸藩が妙なことになれば、口入屋としても有力な顧客を失うことになる。

が、そんなことは二の次だ。

蓄財を失った年寄りたちの恨みを晴らしてやりたかった。

騙りの連中は根こそぎ葬らねばならぬ。

それは忠兵衛の信念にほかならない。

春木に導かれて宴席に顔を出すと、さっそく臺屋から声が掛かった。

「おう、来おったか。西脇さま、あれにある油売りの口上がどれほどのものか、ひとつ聞いてみましょうぞ」

西脇はさほど興味もしめさず、後ろに控える左近のほうに一瞥をくれる。

噂によれば、西脇は心形刀流の免状持ちらしかった。平戸藩では藩主の松浦壱岐守みずから同流を修めているほどに隆盛をきわめており、ことに「抜合い」

と称する居合技を会得した者は注目される。

左近が「抜合い」を使うと聞き、技量を見定める腹でいるのだろう。

「されば、披露せよ」

蟇屋は居丈高に命じ、買えば何十両もしそうな舶来物の銀煙管を喫かす。

忠兵衛は末席の中央に進み、剽軽な調子で口上を述べはじめた。

「さてお立ちあい、いきなりのお立ちあいだ。手前ここに取りいだしたるは筑波山名物蟇の油、蟇と申してもただの蟇と蟇がちがう。これより北、北は筑波山のふもとは、おんばこという露草を喰うて育った四六の蟇、四六五六はどこで見分ける。前足の指が四本、後足の指が六本合わせて四六の蟇、山中深く分けいって捕らえましたるこの蟇を四面鏡張りの箱に入れたるときは、蟇はおのがすがたの鏡に映るをみて驚き、たらありたらありと脂汗を流す。これを梳きとり柳の小枝にて三七二十一日間、とろおりとろおりと煮つめましたるがこの蟇の油。口八丁手八丁にて売りたるすえに蔵を建て、今や六万一千石の御用達、その名も蟇屋にござ候……」

中途から口上の中味が変わったので、聞かされる側は何のことかと身を乗りだす。

「……大川にのたりのたりと漕ぎだしたるは涼み舟、船頭のおらぬ舟には相対死にの男と女、男は若い島帰り、女は皺顔の後家貸し、相対死にとはこれいかに、後家殺しの辻褄合わせにちがいない……」

座の空気があきらかに変わった。

蟇屋は文字どおり、額に脂汗を滲ませている。

上座の西脇大膳は殺気を帯び、床の間の刀架けに手を伸ばさんばかりだ。

「おい、待て。やめよ、喋りをやめよ」

人のよいのが取り柄の春木が慌てふためいても、忠兵衛の口上は留まるところを知らない。

「……哀れ後家の願いも虚しく、ついでに養子をもぶち殺し、奪いとったる蓄財は蟇の懐中に消えていく。一千両が二千両、二千両が四千両、蓄財は賄賂となって湯水のごとくばらまかれ、双六のあがりは勘定奉行。出世を遂げたら、はい、おさらばよ。悪党に付ける薬はないの喩えもあるとおり、いかに蟇の油でも、悪党どもにゃ効きやせぬ。さあ、お立ちあい。文句のあるやつは掛かってきやがれ」

ここまで刺激するつもりはなかったが、途中から自分でも止められなくなった。
「狼藉者め、成敗してくれる」
激昂した西脇はがばっと立ちあがり、黒漆塗りの膳を蹴りつける。
握った刀を抜きはなつや、黒鞘を小脇に投げすてた。
芸者たちが悲鳴をあげても、止める者などいない。
西脇は怒りに任せ、倒れこむように突っこんでくる。
「ぬおっ」
中段から突きだされた一刀は、忠兵衛の胸にまっすぐに向けられた。
――きいん。
金音とともに、火花が散る。
左近が脇から助っ人にはいったのだ。
気づいてみれば、西脇大膳が尻餅をついている。
抜き際の強烈な一撃が、勘定奉行の刀を弾いていた。
「あっ」
驚きのあまり声を発したのは、蟇屋呑十だった。
見上げた眼差しをたどれば、天井に刀が刺さっている。

左近の弾いた西脇の刀であった。

蟇の手から、銀煙管が転げおちる。

忠兵衛は隙を逃さず、さっと身を寄せ、銀煙管を拾いあげた。

「口上の謝礼代わりに貰っておくぜ」

伝法な台詞を残し、左近ともども座敷を去った。

それでも、悪党どもは口をぽかんと開けている。

竜巻が一瞬にして通過したような光景であった。

十二

座敷を引きあげしばらく経ったあと、忠兵衛は佐賀町の蟇屋自邸に忍びこみ、呑十の寝所から土蔵の鍵を盗んだ。

「ちょいと調子に乗りすぎたかもな」

悪党どもの顔を拝んでおこうとおもっただけのつもりが、流血騒ぎの寸前までいってしまった。

左近がいなければ、怪我を負わされていたかもしれない。

「ものには段取りってもんがある。悪党どもを裁くのは、悪事の証拠をみつけてからだろう」

笑いながら諭すのは、手伝いにやってきた甚斎だった。

左近はおらず、代わりに又四郎も手伝いにきてくれた。

月はなく、夜の闇は深い。

三人は柿色装束を身に纏い、土蔵の正面に立っている。

「どっからどうみても盗人だぜ。だぼ鯊の追っている念仏小僧とでも名乗ろうか。ぬへへ」

笑う甚斎の口をふさぎ、忠兵衛は手にした鍵を穴に差しこむ。

――かちゃっ。

南京錠は見事に外れ、重い石の扉がひらいた。

又四郎を見張りに残し、甚斎と蔵の内へ踏みこむ。

「黴臭えな」

「しっ」

龕灯をふたつ点け、広い土間の隅々まで照らした。

油樽がいくつも並んでいる。

隅っこのほうが戸板で囲ってあり、戸板を一枚除けてみると、筵に覆われた千両箱が積んであった。

「三列三段で、しめて九千両か」

阿漕な手管で奪った金の一部にちがいない。

蓋をこじ開けてみると、山吹色の輝きに目を射抜かれた。

「忠の字よ、何個いただく」

「そうだな」

千両箱が一個でも無くなったとわかれば、蟇屋は血相を変え、ほかの場所に隠している金を確かめさせようとするだろう。

おそらく、薬研堀の髪結床に屯する連中を走らせる。したがって、髪結床を見張って手下どもの動きを追えば、隠し場所はことごとく判明し、騙りの連中の悪事もあきらかになる。それが狙いだった。

「そっくり、いただこう」

と、忠兵衛は言った。

「よしきた」

甚斎は筒袖を捲り、千両箱を抱えあげる。

ふたりでつぎつぎに運びだし、外の又四郎にも手伝わせて荷車に積みこんだ。

南京錠を元に戻し、音も起てずに蔵から離れる。

「やったな、忠の字。むかしのことをおもいださねえか」

甚斎が余計なことを聞いてくる。

「ふん、おめえは知らねえはずだぜ」

「はなしにゃ聞いたさ。相棒の仙次とは、十年近くつづいたんだろう」

十年目の節目を迎えたとき、見事に裏切られた。

忠兵衛の身柄と交換に、縄を打たれていた仙次は解きはなちになったのだ。

「そんな野郎は、どっかで野垂れ死にしたにちげえねえ」

「ああ、そうだな」

そっけなく応じつつも、仙次はどこかで生きているような気がしてならない。

三つの人影と荷車は暗闇のなかを進み、隠し桟橋へ行きあたると、荷は小舟に積みかえられた。

三人で必死に櫂と櫓を操って大川を遡り、対岸の柳橋の外れに建つ船蔵へ向かった。

合図の灯りが揺れている。

船蔵のなかでは、幇間の粂太郎と芸者のおくうが待っていた。

ふたりの伝手で、知りあいの宿主から一夜だけ船蔵を借りたのだ。

ほかにもうひとり、陰間の与志がいる。

厳ついからだに四角い顔、顔には白壁のように化粧をほどこしているので、齢は判然としない。死んだ母親の実弟なので、少なくとも還暦は越えているはずだ。

三人は当然のごとく、千両箱が運ばれてくる事情を知っていた。

与志も腕まくりをして千両箱を抱え、舟から降ろすのを手伝う。

「忠さん、この重み、たまらないねえ。盗人になった気分だよ」

「勘違えすんな。おれたちは盗人じゃねえ。騙りの連中が盗んだ金を取りもどしてやっただけのことだ」

「でもね、こいつを一両でも使っちまったら立派な罪になる。三尺高い木のうえに縛られても文句は言えないねえ」

「使わせねえよ」

厳しいひとことに、与志は眉尻を下げた。

「殺生なはなしだね。これだけありゃ、一生遊んで暮らせるってのに」

「言ったろう。もともと、この金は年寄りたちが子や孫のためにせっせと貯めたものなんだって。使っちまったら、罰が当たる」

「そうだったね。ふん、まったく、頭の固いことだこと。わたしの甥っ子とはおもえないよ」

「そいつはこっちの台詞だ。おめえなんぞと血が繋がっているとはおもいたくもねえ」

憎まれ口を叩きながらも、ふたりの気持ちは通じあっている。

すでに、与志の見世の陰間たちが、髪結床を張りこんでいた。

「朝になれば、騙りの下っ端どもが江戸じゅうを駈けまわるだろうさ」

隠し金の所在はあきらかになり、敵は反転攻勢に移ろうとする。

「で、そっからさきはどうするって」

「千両箱を餌にして獲物を釣る。自分たちで餌をみつけたように仕向けるのが骨法さ」

忠兵衛は不敵な笑みを漏らし、三列三段に積まれた千両箱を睨みつけた。

十三

杏色の夕陽が西にかたむいている。

「許さねえぞ、あの野郎」

岡っ引きの伊平次は顔を怒りで染め、何度も悪態を吐いた。

かたわらには、眸子を血走らせたすっぽんの良介がいる。

立ち小便している最中に川へ蹴落とされた間抜けな男だ。自力でどうにか岸に這いあがって助かったものの、数日のあいだは意識を失っていた。気づいてみれば、居酒屋でいっしょに祝杯をあげた弥一郎は裏切り者として、伊平次に殺められていた。しかも、騙りで稼いだお宝は何者かに奪われ、わけのわからないことになっている。

「あの野郎、ふざけたまねしやがって」

伊平次は、苦々しげに吐きすてた。

勘定組頭の春木友之進から、宴席で妙な口上を発した油売りの風貌を聞いていた。

それで、合点したのだ。

殺らねばならない相手の見当はついている。

神田の馬ノ鞍横町で『蛙屋』という口入屋を営む伊達男(だておとこ)だ。

「忠兵衛とか言いやがったな」

ほかにおもいあたる相手はいなかった。

「くそったれめ」

一度店に乗りこんで威しつけてやったが、おとなしくなるどころか、逆しまに牙を剝いてきた。

「おおかた、あいつもご同業にちげえねえ」

つまりは、悪党だ。

今朝方、蟇屋の土蔵から九千両が無くなっていた。

気づいたのは、旦那の呑十だ。

さっそく、伊平次は呼びつけられた。

「蔵の金が盗まれた。ほかの隠れ家の金が心配えだ」

すぐにどこかへ移せと喚きちらす蟇屋の指図にしたがい、手下どもを走らせ、五カ所に分散していた金をひとつところへ集めた。

ほかでもない、千両箱が九個積まれていた蟇屋の土蔵に集めさせたのだ。

「一度破った土蔵は狙わないのが盗人だ」

伊平次は我ながら、上手いことを考えついたとおもった。

たった半日で、しかも昼の日中に三万両におよぶ大金を移し終えたにもかかわらず、蟇屋は褒めるどころか、襤褸滓に叱りつけてきた。

「十手持ちのてめえがしっかりしねえから、こんなことになったんだ」

むっとしたが、さんざ甘い汁を吸わせてもらってきただけに、口ごたえはできなかった。

そこへ、九千両を盗んだ相手から文が届けられた。

樽拾いの洟垂れが言うには、願人坊主に託されたという。

願人坊主に託したのは口入屋だと直感したが、証拠は何ひとつない。

文にはなぜか、柳橋の船蔵が記されており、さっそく向かってみると、隅っこの暗がりに空の千両箱が三列三段で積まれていた。

「おちょくっていやがる」

空箱のひとつに、二枚目の置き文をみつけた。

――薬研堀　髪結床
文に記されていたのは、自分たちの根城にほかならない。

「罠か。でも、どうして」

相手は金を餌に誘っているようだが、誘われる理由は皆目見当もつかない。

「わからねえ」

伊平次は疑念を抱きつつ、良介とともに髪結床の正面までやってきた。

すでに日は暮れ、あたりは薄闇に沈んでいる。

耳を澄ませば、閉じられた板戸の向こうから誰かの呻きが微かに聞こえてきた。

「良介、板戸を開けろ」

「えっ、おいらが」

戸惑う良介の頭を、ぺしっと平手で叩く。

伊平次は帯の背から十手を引きぬき、慎重に近づいていった。

「くそったれめ」

どんと、右足で板戸を蹴破る。

良介ともども、暗がりへ踏みこんだ。

呻き声は、奥のほうから聞こえてくる。

泣き柱に手下どもが七、八人、太縄でひとくくりにされているようだ。

しかも、後ろ手に縛られたうえに、猿轡まで嚙まされているらしい。

「おい、どうした、おめえら」

伊平次が声を掛けた。

刹那、ぽっと、真横に灯りが点いた。

「うえっ」

驚いて振りむけば、三列三段に積まれた千両箱のうえに、誰かが胡座を掻いている。

「ぐふふ、やっと来やがった。待ちくたびれたぜ」

「……て、てめえ」

男の風貌には、みおぼえがある。

「蛙屋忠兵衛、やっぱり、てめえか」

「ほう、勘づいていたとはな。ただの間抜けじゃねえらしい」

「てめえはいってえ、何がしてえんだ」

「金が欲しいんなら、奪って消えりゃいいだけのはなし。阿漕な岡っ引きと阿呆な手下をわざわざ誘いこむ必要もねえ。なるほど、言いてえことはわかるぜ。でもな、ひとつだけ勘違えしているぜ。教えてやろうか、それはな、おめえらが悪党で、おれが善人だってことさ」

「けっ、聞いたかよ、良介。あの盗人野郎、善人ぶってやがるぜ」

「兄貴、早いとこ片付けちめえやしょう」

良介は懐中に呑んだ匕首を抜く。

伊平次は薄く笑った。

「ああ、そうだな。あの野郎を片付けて、尻の下に敷かれたお宝を返(け)えしてもらわなくちゃならねえ」

「やれるもんなら、やってみな」

忠兵衛は千両箱のうえで立て膝になり、がばっと身を乗りだす。

「おめえらみてえな糞に、この金を渡すわけにゃいかねえ。騙りで奪われた年寄りたちの恨みの籠もった金だかんな」

「しゃらくせえ」

伊平次と良介は、前後になって駈けよせた。

つぎの瞬間、つるっと足を滑らせる。

滑った途端、尻や背中に鋭い痛みが走った。

「ぬへへ、莫迦め、引っかかりやがった」

頭上で忠兵衛が嗤(わら)っている。

立ちあがろうとしても、足許(あしもと)が滑って立ちあがることもできない。

転ぶたびに皮膚が裂け、傷口から血が噴きだした。

「……ち、ちくしょう。あの野郎、油を撒きやがった」

撒いたのは油だけではない。

「ここは髪結床だろう。剃刀の替え刃がいっぺえあってな」

替え刃を立てて貼ったうえから、油を撒いたのだ。

泣き柱に縛られた連中も、みんな同じ手に引っかかった。

「ほれ、どうした。掛かってこねえか」

良介は深傷を負ったのか、動けずに呻いている。

一方、伊平次は敷居をめざして、懸命に這いつくばっていた。

「ふふ、逃げるんなら急いだほうがいい。ひとつところに集めた三万両がどうなってるか心配えだろう」

伊平次は振りむきもせず、必死に外へ逃れていく。

足の裏も傷つけているはずなので、それほど早くは走れまい。

行く先の見当はついている。

忠兵衛は、先まわりするつもりでいた。

千両箱のうえから飛びおり、油の撒かれていない部屋の隅を通って外へ出る。

しばらく戸口で待っていると、鼻の下に黒子のある岡っ引きが尻っ端折りでやってきた。

蝮の異名を持つ黒門町の辰吉だ。

伊平次と似たり寄ったりの小悪党だが、騙りをやらないだけ、まだ可愛げがある。

辰吉はそばまで駈けてくると、息を切らしながら問うた。

「忠兵衛、騙りの連中を捕まえたってのはほんとうか」

「そのために、おめえさんを呼んだのさ。人手が要るぜ、捕り方はどうした」

「もうすぐ来る。牛尾弁之進さまに率いられてな」

「牛弁も来るのか、そいつはよかった。騙りの小悪党どもが、なかでじたばたしているぜ。山積みの千両箱が、悪事の何よりの証拠だ。いっさいがっさい、牛弁とおめえさんのお手柄にすりゃいい」

「……い、いいのか」

「今さらびびってどうする。あれほど、手柄を欲しがってたじゃねえか」

「忠兵衛、おめえはいってえ」

「おっと、そっからさきは聞かねえ約束だぜ。あそこに積まれた金は、騙りの連中が年寄りを騙して奪ったもんだ。公儀にお慈悲があんなら、一両でも多く困ってる年寄りたちに戻してやるこった。ま、期待はしてねえけどな」

　忠兵衛は薄く笑い、離れていこうとする。

「待て、どこに行く」

「へへ、帳尻を合わせに行くんだよ。それ以上は聞かねえ約束だぜ」

　ぎろっと睨みつけると、辰吉は黙る。

「あばよ」

　忠兵衛は後ろもみず、小走りにその場を去った。


　それから、半刻足らずのち。

　伊平次は傷だらけのからだを引きずり、深川佐賀町にある蔓屋の土蔵へたどりついた。

　傷の手当てなんぞよりも、まっさきにこの目で確かめねばならぬことがある。

「……さ、三万両」

　蔵の正面に立ち、伊平次ははっとした。

　夜であるにもかかわらず、蔵の扉がひらいている。

「……や、やられたのか」

母屋(おもや)は半町ばかり離れていた。
助けを呼ぼうにも、声を絞(しぼ)りだすことができない。
脂汗が滲み、心ノ臓が激しく鼓動(こどう)を打ちはじめた。
暗がりに踏みこみ、壁に掛かった手燭(てしょく)に火を灯(とも)す。
「うっ」
夕方まで山と積まれていたはずの千両箱が、ひとつ残らず消えている。
ない。蛻(もぬけ)の殻(から)だ。
「……あ、あの野郎」
眸子を怒らせ、声を絞りだす。
どすんと、左胸に衝撃をおぼえた。
目を落とせば、出刃包丁が刺さっている。
「なにっ」
とんでもない量の血が土間を濡らしていた。
自分の血だ。
信じられなかった。
痛みもなく、意識だけが遠のいていく。

「悪党め、欲を掻くから、こうなるのさ」

耳許で誰かに囁かれた。

忠兵衛だ。

「……て、てめえ」

首を捻る力もない。

急に腰が軽くなる。

十手を奪われたのだろう。

伊平次は、糸の切れた操り人形のようにくずおれる。

「……い、いいさ……く、くれてやる」

唇もとをわずかに動かし、三途の川を渡っていった。

十四

夜が明けた。

朝未き呉服橋、北町奉行所の厳つい正門の門前には、とんでもないものが山積みにされていた。

三十個を超える千両箱である。

る。

「こいつは、おれへの当てつけか」

悪態を吐いているのは、顔を怒らせた「だぼ鯊」こと、内与力の長岡玄蕃だ。

手に握っている置き文には「世直し小僧推参」と記されてあった。

次第に集まってくる野次馬を近寄らせぬために、捕り方どもを怒鳴りつけてい
る。

「莫迦野郎、早く結界を張れ。荷車はまだか」

そんな鬼与力の様子を、人垣の後ろから呆然とみつめている商人がいた。

蟇屋呑十だ。

明け方起きて土蔵を覗いてみたら、千両箱はひとつ残らず消えており、血溜まりのなかに伊平次の屍骸が転がっていた。

髪に挿された髷棒に「呉服橋へ急げ」と記した文が巻いてあったのだ。

浅草鳥越の松浦家上屋敷に使いを走らせ、西脇大膳へ一報をもたらすとともに、みずからは早駕籠に揺られ、今さっき着いたところだった。

蟇屋は動顛して、身動きひとつとれない。

悪夢をみているとしか言いようがなかった。

「……わ、わしのお宝を」

誰が盗んで山積みにしたのかも、どうしてそんなことをしたのかもわからず、あれこれ考える余裕もない。

ふと、人垣の端に目をやった。

みおぼえのある松浦藩の藩士たちがいる。

西脇大膳を乗せた御忍駕籠が、往来の喧噪から逃れていくところだった。

「……に、西脇さま、お待ちくだされ」

蟇屋は手を伸ばし、必死に追いすがる。

駕籠の連中は気づかず、ひとつ向こうの辻を曲がっていった。

「……み、見捨てるのか」

蟇屋は肩を落とし、とぼとぼ歩きはじめた。

駕籠の消えた辻陰から、紫の煙がゆらゆら立ちのぼっている。

暗がりから差しだされた銀煙管は、宴席で紛失した舶来品にほかならない。

煙に誘われるように辻を曲がると、誰かが立っていた。

「……お、おまえは誰だ」

「忘れたかい、油売りの忠兵衛だよ」

腹立たしい口上を披露した油売りだ。

蟇屋は、はっとする。

「あの千両箱、おまえがやったのか」

「ああ、そうさ。驚いたかい」

「どうして、あんなまねを」

「年寄りたちに頼まれたのさ」

「何だと」

「わからねえのか、おめえさんが騙した年寄りたちのことだよ。恨みを晴らしてほしいんだとさ」

蟇屋は空唾（からつば）を呑みこみ、額に脂汗を滲ませる。

まさしく、四六の蟇も同然だった。

「伊平次を殺ったのも、おまえなのか」

「たぶんな」

「……ま、待ってくれ、わしと組まぬか。金ならやる。いくらでもやる。もうすぐ、わしは名字帯刀（みょうじたいとう）を許されて侍になる。おぬしが望むなら、侍にしてやってもいい」

「まっぴらごめんだね」

「だったら、何が欲しい。欲しいもんなら、何でもくれてやる」

「ありがてえ。じつは、欲しいもんがひとつだけあってな」

「おう、そうか。言うてくれ。何が欲しい」

「こいつだ」

言うが早いか、油売りの忠兵衛は右腕を振りあげる。

「うえっ」

がつんと、蟇屋は脳天に衝撃をおぼえた。

首が肩にめりこんでいる。

足許に抛られたのは、伊平次の十手だった。


一方、そのころ。

松浦家勘定奉行の西脇大膳は、権門駕籠の内側で嫌な汗を搔いていた。

蟇屋から急報を受け、胸騒ぎに抗しきれず、御忍駕籠で呉服橋まで参じたところ、目のまえに悪夢のような光景がひろがっていた。

町奉行所の門前に積まれていたのは、これから使うはずの金にほかならない。

一足飛びで江戸家老の地位を得るには、どうしても必要な軍資金であった。

「こうなったからには」

悪事の隠蔽をはかるべく、骨を折らねばなるまい。

「何とかなる。わしは六万一千石の勘定奉行ではないか。少々のことでは、びくともせぬぞ。おお、そうだ。蟇屋なんぞ、蜥蜴の尻尾のごとく切ってしまえばよいのじゃ」

さすが、騙りの連中に「大旦那」と呼ばれていた悪党だ。切り替えも早い。

みずからを鼓舞していると、駕籠が急に止まった。

ごつっと、木枠に額をぶつける。

「痛っ……おい、何をしておる」

垂れを捲ると、駕籠かきどもが尻をみせて逃げていく。

屈強なふたりの番士は、すでに、刀を抜きはなっていた。

「狼藉者か」

西脇は駕籠から抜けだし、手に提げた刀を腰帯に差す。

心形刀流の練達だけあって、落ちついたものだ。

駕籠の正面には、目の細い浪人が立っていた。

「ん、おぬし」

宴席で抜合いを披露した男にちがいない。

刀を弾かれたときの痺れが、屈辱とともに蘇ってくる。

「何者じゃ。名乗らぬか」

目の細い男が、薄い唇もとをひらいた。

「拙者は権兵衛、名無しの権兵衛にござる」

「何じゃと。誰に雇われた」

出世のためなら、あくどいこともやってきた。

自分に恨みを持つ者は、藩内を見渡しても十指に余る。

そのうちの誰かに金で雇われた刺客であろうとおもった。

権兵衛はこたえない。

業を煮やした番士のひとりが、大上段から斬りかかった。

「せい」

権兵衛はひょいと躱し、抜き際の一刀で番士の首根を打つ。

ほぼ同時に、別のひとりが右八相から袈裟懸けに斬りつけた。

これを権兵衛は鎬で払い、ぐっと肘を突きだすや、相手の額に柄頭を叩きこむ。

ふたりの番士は白目を剝(む)き、呻き声も漏らさずに倒れていった。

「猪口才(ちょこざい)な」

西脇は叫び、腰の刀を抜きはなつ。

権兵衛が、すっと間合いを詰めた。

「拙者、柳左近と申す」

唐突(とうとつ)に名乗られ、西脇に動揺が走る。

左近は青眼(せいがん)から、先手を取って踏みこんだ。

「お命頂戴(ちょうだい)いたす」

「何の」

西脇は逃げずに踏みとどまり、平地(ひらじ)を寝かせて突きだす。

「ねい」

相手の拳を狙った中道下藤(ちゅうどうさがりふじ)、心形刀流の変化技だ。

左近は鍔元(つばもと)でこれを弾き、すっと身を離すや、左手で脇差(わきざし)を抜きはなつ。

左手に脇差、右手に大刀、両手を左右にひろげ、二刀八相(にとうはっそう)の構えをとった。

西脇は驚く。

「……そ、それは、柳雪刀(りゅうせっとう)ではないか」

心形刀流の奥義にほかならない。

剣理に曰く「弱しとみて柳を打つ者は柳に冠した雪を浴びる」とある。相手に先手を取らせ、左の脇差で受けるとみせかけて脇差を捨て、右の片手斬りで袈裟懸けを狙う難しい技だ。

「おぬし、心形刀流を修めたのか」

「いいや、修めたのは雲弘流にて候」

「雲弘流だと」

「さよう、流れる雲のごとく、変幻自在に形を変える。それこそが雲弘流の妙技」

「ふん、所詮は二番煎じよ」

西脇も左手で脇差を抜き、二刀八相の構えをとる。

両者は、合わせ鏡のように対峙した。

「まいる」

左近はまたも先手を取り、右手の大刀で敢然と斬りこむ。

西脇は左の脇差で受けるとみせかけ、脇差を足許に落とした。

絶妙のいなしだ。

わかっていても、対応できない。
左近はたたらを踏み、前のめりに倒れこむ。
と同時に、大刀が手から離れた。
「もらった」
西脇が喜々として叫んだ。
定石どおり、右手の袈裟懸けが襲ってくる。
ずばっと、左近は真上から首筋を断(た)たれた。
と、おもいきや。
左近は退(ひ)かずに前進し、西脇に抱きつくほどそばまで近づいている。
「うげっ」
間合いが近すぎて、西脇は大刀を使えなかった。
一方、左近の脇差は、瞬時に相手の喉笛(のどぶえ)を裂いていた。
最初から、脇差の間合いで勝負を決める腹でいたのだ。
捨て身の一手というよりほかにない。
「やった」
遠くで見守る忠兵衛が、ゆっくりと近づいてきた。

「やっぱし、旦那にお願いしてよかったぜ」

左近は何も言わず、手放した大刀を拾って鞘に納める。

忠兵衛は仰臥する西脇を見下ろし、裾を割って屈みこむや、蓋屋の銀煙管を口にくわえさせてやった。

「小粋なもんじゃねえか、なあ」

呼びかけに応じるように、ぷはあっと煙が吐きだされてくる。

おそらく、この世で最後の吐息であろう。

忠兵衛と左近は軽くうなずきあうと、別々の方向へ去っていった。

十五

夕立がざっと降り、からりとあがった。

涼風の吹きぬける往来を歩き、忠兵衛は橘町のほうへ向かっている。

おしげのことが案じられたのだ。

良介に貯えを奪われて以来、落ちこみようが尋常なものではないと聞いていた。

それでも、一縷の望みはある。

おしげの家がみえる辻陰に、若い男がひとり立っていた。

一人息子の寿一だ。

再会の仲立ちをとってやろうと、声を掛けておいたのだ。

寿一はこちらのすがたを認め、ほっと安堵の溜息を漏らす。

「忠兵衛さん」

「おう、よく来たな。無一文になったおっかさんのもとへ戻る気になったか」

「はい。無一文ならなおのこと、孝行のし甲斐があります」

「ほう、殊勝な台詞じゃねえか。その気持ちがあるんなら、どうして勘当されるほどのことをしたんだ」

「おっかさんにとっては、金を稼ぐことがすべてだった。おれは嫌気がさして、貯えをぜんぶ使ってやろうとおもったんです」

「ふうん、そうだったのか」

存外に、放蕩息子のほうがまっとうなのかもしれないと、忠兵衛はおもった。

寿一は下を向く。

「会ってもらえるかどうか、それだけが心配で」

踏みだす勇気が出ないと言う。

「血を分けた母子なら、真心は伝わるはずさ」

「そうでしょうか」

「ほら、行ってこい」

忠兵衛は寿一の肩を叩き、背中を押してやる。

寿一が家に近づくと、おしげがひょっこり外へ出てきた。

庭木に水でもやるつもりなのか、右手に水桶を提げている。

「おっかさん」

寿一が呼びかけた。

みえるのは背中だけだが、必死さは伝わってくる。

おそらく、呼びかけただけで、気持ちが通じたにちがいない。

黙って息子をみつめるおしげの顔から、険しさが溶けるように消えていった。

眸子を潤ませ、にっこり笑ってみせたのだ。

「おっかさん」

寿一は足を縺れさせながらも、近づいていく。

そして、母親の懐中へ飛びこんだ。

母と子はしっかり抱きあい、涙を流しつづける。

「何だよ、心配えして損したぜ」

忠兵衛はうなずき、物陰からそっと離れていった。

「こうなったら、もうひとつ働きするっきゃねえな」

西の空を仰げば、茜色のうろこ雲が張りついている。

炎天の夏は終わりを告げ、暦は秋に変わっていた。


同じ日の深更、おしげと寿一は天の恵みを受けた。

何年かぶりで布団をふたつ並べて寝ていると、天井の隙間から山吹色の小判が雨霰と降ってきたのだ。

ふたりは仰天し、ひたすら祈りを捧げた。

神仏のはからいとしかおもえなかったからだ。

だが、ふたりとも心の片隅では、誰がやったのかわかっていた。

「このお金、ぜんぶ小石川の養生所で使ってもらおうよ」

寿一のことばに、おしげはふたつ返事で同意した。

ふたりでやりなおすことができるなら、小金なんぞ無いほうがいい。

たぶん、そうするであろうことは、忠兵衛にも何となく想像はできた。

それでも、おしげが掠めとられた一千両だけは戻してやろうとおもい、蟇屋の金蔵から奪ったお宝のなかから、あらかじめ、千両箱をひとつだけ預かっておいたのだ。

せっかく戻してやった金が、養生所へ献じられる。

だが、やったことは無駄ではない。

ふたりが納得ずくなら、それでいい。

忠兵衛は満ちたりていた。

むかしのように、義賊を気取ってみたかっただけかもしれない。

もちろん、蟇屋や伊平次は消えても、世の中から騙りが消えることはなかろう。年寄りを騙そうとする悪党どもは、雨後の筍（たけのこ）のように出てくるにちがいない。

「みつけたら、ひとつ残らず叩きつぶしてやる」

それだけのはなしだ。

忠兵衛の心意気を知る者は、騙された年寄りのなかにはいない。

ただ、おしげと寿一の身に降りかかった不思議な出来事は、静かな噂となってさざ波のようにひろまっていった。

雨宿りの女

一

下谷三之輪町。

宗対馬守の下屋敷へ所用でおもむいた帰路、突然の夕立に見舞われた。

表通りの軒下に、裸足の女が雨宿りをしている。

今にも倒れそうな様子なので、みてみぬふりもできず、忠兵衛は濡れ鼠の格好で撥ねを飛ばし、女のもとへ駈けよった。

「でえじょうぶか」

声を掛けると、女はうなずいた。

年の頃なら、十七か八あたりだろう。

立っていられなくなり、その場に屈みこんでしまう。

忠兵衛は素早く近づき、背中をさすってやった。

「……お、おありがとう存じます」

礼を言いながら持ちあげた顔は真っ赤で、額に手を触れると、湯が沸きそうなほど熱い。

「こいつはいけねえ」

軒下から通りの向こうをみれば、真正面に薄汚れた塗り壁があり、表口の軒下に「中条流」の看板がぶらさがっている。「月水はやながし　げんなくば礼不請」と記されたとおり、世間の目を忍んで子堕ろしをおこなう医者のことだ。

が、背に腹は代えられない。

女を背負って大路を横切り、閉めきられた板戸を乱暴に敲いた。

壊れるほどの勢いで敲きつづけると、狭い横道から茶筅髷の痩せた男が顔をみせる。

「うるさいぞ。入口はこっちじゃ」

誘われて横道へ急ぎ、質屋のような勝手口へ踏みこんだ。

「何の用じゃ」

横柄な態度で問われ、むっとする。

「あんた、医者だろう。みてわからねえのか、病人を連れてきたんだぜ」

「そこに寝かせろ」

言われたとおり、茣蓙を二枚並べたうえに女を横たえた。

女は高熱にうなされており、目を開けることもできない。

中条医は脈を取り、つぎに着物を捲って下腹部を撫でた。

「おぬしが孕ませたのか」

厳しい口調で糾され、忠兵衛は面食らった。

「莫迦を言うな。おれは通りすがりのもんだ」

「ふうん、通りすがりか。孕ませた男がよく使う言い訳じゃな」

女は高熱を発しているだけでなく、子を孕んでいるらしい。

「四月目じゃな」

女房のおぶんと同じだ。

「つわりもおさまるころじゃが、ここからさきはすすめばすすむほど難しゅうなる」

中条医は「古血下し」という腐った卵のような丸薬を産門に入れると聞いたことがあった。丸薬には鉛がふくまれており、胎児を腐らせて引きだすのだという。妊婦のなかには悶死する者もあるらしく、いずれにしろ、中条医は世間から忌み嫌われている。

厄介なことになったなと、忠兵衛はおもった。

中条医は奥へ引っこみ、水桶を提げてくる。

「熱を下げねばならぬ。左右の腋の下と足の付け根を冷やせ」

命じられたとおり、女の腋の下に絞った手拭いを挟み、足の付け根も冷やす。

「おなごの名は」

「知るわけねえだろう」

「なら、おぬしの名は」

「忠兵衛だよ」

「わしは石清水玄庵じゃ。みてのとおり、中条流の医者をやっておる。おぬしは」

「武家御用達の口入屋さ」

「店はどこにある」

「神田の馬ノ鞍横町だよ」

不機嫌に応じつつも、問われている理由がよくわからない。

「治療代を取りっぱぐれたら困るゆえ、問うたのさ。ぐふふ」

「みみっちいな。それでも医者か」

「ふん、何とでも言え」

「おなごの容態は」

「よいはずがなかろう。食う物も食わずにこきつかわれ、ぶっ倒れる寸前で逃げだしたにちがいない」

「逃げだしたって、どこから。まさか、吉原か」

なるほど、すぐそばには投込寺の浄閑寺もある。

「わしも吉原女郎の足抜けを疑った。なにせ、裸足だからな。されど、そうではなかろう」

「何でわかる」

「女郎が使う安白粉の匂いがせぬからさ。男相手の商売に慣れておらぬおなごじゃ。風体からして、武家の娘ではないな。商人か職人か、どっちにしろ、貧乏暮らしを苦にせぬ娘にちがいあるまい」

「貧乏人の娘か」

「窶れてはおるが、富士額の美人顔で肌の色も白い。むかし、よく似た娘がここに来おった。小悪党に騙され、美人局をやらされておってな。客の子を孕んでは堕ろしにきたのじゃ。一度堕ろしたおなごは、孕みやすくなる。その娘は五つ月をおいて、三度もやってきた。ところが、四度目に見掛けたときは、土左衛門じゃった。山谷堀の堀留に浮かんだのさ」

死んでから捨てられた屍骸であったという。

「瞠った眸子は虚空をみつめておってな、何の感情も読みとることはできなんだ」

玄庵は淡々と述べつつも、淋しそうに目を床に落とす。

忠兵衛は、覗きこむように聞いた。

「美人局をやらせた小悪党はどうした」

「さあ、知らぬ。あんな男とは関わりたくもない」

「あんな男」

と言う以上、男の素性も知っている様子であったが、玄庵がふいに腰をあげたので聞きそびれた。

女は額に脂汗を浮かべ、苦しげに呻いている。

忠兵衛は手を伸ばし、冷たい布で汗を拭いた。

裸足で雨宿りをする女が、幸福なはずはない。

不幸な女の陰には、かならず悪党が控えている。

「許せねえな」

名状しがたい怒りが込みあげてきた。

奥へ引っこんだ玄庵が、薬草を煮立てて戻ってくる。

「おい、口入屋。これが何かわかるか」

苦そうな臭いがする。

「いいや、わからねえ」

「人参さ。裏手に対馬藩邸があるじゃろう。宗家は質のよい高麗人参を抱えておる。それがな、たまさかこうして手にはいった。なぜだか、わかるか」

「さあ」

首をかしげると、玄庵は霜の交じった鬢を掻いた。

「不義密通で重臣の妻女を孕ませた小役人がおってな、妻女を連れてお忍びでここへやってきたのさ。治療代のほかに、人参を置いていきよった。日本橋の薬種問屋で求めたら、親指大ほどで十両にはなる代物じゃ」

「……じゅ、十両。そいつを呑ましてくれんのか」

「只ではない」

「まさか、おれに人参代を払えとでも」

目を剥くと、玄庵は嘲笑う。

「おなごが払えぬときは、おぬしが払うしかあるまい。誰かを助けたくば、とことん面倒をみる。それが縁というものであろう。おぬしが代金を肩代わりできぬと申すなら、この人参を呑ませるわけにはいかぬ」

「おいおい、冗談は顔だけにしろ」

「冗談ではない。わしは世間から憎まれておる中条じゃ。薬代も払わぬ患者の面倒をみるほどお人よしではない」

「何だと、この藪医者め」

忠兵衛は「中条はむごったらしい蔵を建て」という誰かの川柳を頭に浮かべ、憎々しげに吐きすてる。

「くそったれ、薬代はおれが払う。早く呑ませてやれ」

「ふふ、運のいいおなごじゃ」

玄庵が煮汁を上手に呑ませると、女は安堵したのか眠りに就いた。

「当分は起きまい。明日の午後にでも訪ねてくるがよい」

「ああ、そうするよ」

「かならず来るのだぞ。薬代を貰わねば、おなごをここに置いておくわけにはまいらぬからな」

後ろ髪を引かれるおもいで看立所（みたてどころ）を出ると、雨はいっそう激しくなっていた。

水嵩（みずかさ）を増した音無川（おとなしがわ）の対岸には、浄閑寺の甍（いらか）が灰色にくすんでみえる。

幸薄い遊女たちの霊が、成仏できずにわだかまっているかのようだ。

外の壁には柄（え）の長い刺股（さすまた）が立てかけてあった。

——月水はやながし

と記された古い看板に、蛞蝓（なめくじ）が一匹這（は）っている。

もしかしたら、女は腹の子を堕ろしにきたのかもしれない。

いざとなってみると踏みきれず、軒下にずっと佇（たたず）んでいたのだ。

たとい、そうであったとしても、忠兵衛にはどうすることもできない。

授（さず）かった命を水にすることの罪深さを説（と）けるのは、寺の坊主くらいのものだ。

子を産んで育てるには、それ相応の覚悟が要る。父無（てて な）し子ならば、なおのことであろう。

いずれにしろ、今は女が快復（かいふく）してくれるのを祈るしかない。

「それにしても、よく降りやがる」

忠兵衛はげんなりした気分で軒下に佇み、えいとばかりに水溜(みずた)まりへ飛びこんでいった。

二

馬ノ鞍横町の『蛙屋』へ戻ると、おぶんが飯をつくって待っていた。

ひどいつわりもなくなり、食欲も出はじめたので、安堵したところだ。

膳(ぜん)には刺鯖(さしさば)が載っていた。背開きにして二枚重ね、塩漬(しおづ)けにしてある。これに花鰹(はながつお)を添え、蓼酢(たでず)で食うのだ。

——なあご。

忠吉と名づけた野良猫が、表口からそっと忍びこんできた。

「匂いにつられて来たんだよ」

「まったく、贅沢なやつだぜ。骨になったらくれてやる。それまで、おとなしく待ってな」

忠吉は不満げな顔をしてみせ、土間の隅に丸くなる。

おぶんが飯をよそってくれた。

「明後日は七夕(たなばた)だねえ。おまえさん、笹(ささ)は買ってきてくれたかい」

「ああ、抜かりはねえさ。あとは短冊に願い事を書きゃいい」

ふたりの願い事は決まっている。

無事に元気な子が生まれますように。

夕餉を済ませ、笹に五色の短冊を飾りおえるころになると、外はすっかり暗くなっていた。

「おまえさん、今宵はお出掛けなんだろう」

「ああ、すまねえな。対馬さまの御用で筋違橋まで行かなくちゃならねえ」

「文句を言いたかないけど、何だって夜に出歩かなきゃならないんだい」

「下屋敷へ向かう荷車の付き添いらしくてな」

荷は神田川を通って荷舟で運ばれてくる。筋違橋の桟橋で荷車に積みかえるのだが、どうしたわけか、荷舟は夜にならねば到着しないらしい。

「積み荷は何なの」

「さあ、知らねえ」

「知らずに請けたのかい」

不審げな顔をするおぶんの問いが、わずらわしくなってきた。

「仕方あんめえ。小納戸方の安村藤兵衛さまにゃ、日頃からよくしてもらってんだ。頭を下げられたら拒むわけにもいくめえ」

「頭を下げられたのかい」

「ああ、そうだよ。侍が町人に頭を下げるってな、よっぽどのことさ。おれは理由なんぞ聞かず、ふたつ返事で頼みを請けた。それのどこがまちがってるって言うんだ」

「まちがっちゃいないさ。でも、気をつけてね。何やら、嫌な予感がするんだよ」

「柳の旦那や又四郎さんもいっしょだから、心配えにゃおよばねえさ。おめえが起きているうちに帰えってくるよ」

いつもどおり仏間で義父の位牌に手を合わせ、線香の煙に送られて家をあとにする。

あたりは暗く、大路を行き交う人影も少ない。

神田川から吹きよせる川風は心地よく、ひたひたと運ぶ足取りも軽やかだ。

筋違橋の南詰めまでやってくると、柳左近と琴引又四郎が先着していた。

対岸の暗がりは花房町、叔父の与志が片隅で陰間茶屋を営んでいる。

五つを報せる鐘が鳴ったばかりなので、人目を忍ぶ客はまだ少ない。

対馬藩の連中も着いておらず、忠兵衛たちは土手を上って川縁に近づき、淀みきった川面に目を落とす。

「何だか、妙な頼み事ですね」

口をひらいたのは、又四郎だった。

忠兵衛はうなずき、帯に提げた煙草を取りだす。

「たしかに、妙な頼み事さ」

そもそも、上屋敷ではなく下屋敷に呼ばれたあたりから、おかしいとは感じていたのだ。小納戸方の安村は声をひそめて、川舟で運んだ荷を荷車に積みかえて下屋敷まで運ぶ。たいせつな荷を守らねばならぬゆえ、腕の立つ浪人者を何人か連れてきてほしいと囁いた。

「いったい、何から守れというのでしょう。そもそも、荷の中味は何ですか」

「さあ、わからねえ。よっぽど、でえじな品物なんだろうよ」

「もしかしたら、小判の詰まった千両箱とか」

「おいおい、盗人じゃねえんだぞ」

忠兵衛と又四郎の掛けあいを、左近は黙って聞いている。

と、そこへ、安村みずから配下を三人連れてきた。

車夫も三人おり、空の荷車を牽いてくる。

安村は組頭だが、痩せぎすで貧相にみえ、いかにも小役人といった風情だ。

「忠兵衛よ、来てくれたか。おや」

「どうかなされやしたか」

「浪人は、たったふたりか。四、五人は連れてくるかとおもうたぞ」

「腕利きの先生方でござんす。どうか、ご心配えなく」

「わかった。おぬしを信じよう。そろりと荷が到着するはずだ」

川の向こうに目をやると、それらしき船灯りがみえた。

「おう、来た。あれだ」

みなで競うようにして、桟橋へ駈けおりていく。

細長い荷舟には船頭たちのほかに、番士らしき者が三人乗っていた。

「しめて七人、こっちの三人を入れて十人か」

数は充分に揃っていると、忠兵衛はおもった。

「おうい、こっちだ」

安村は桟橋の突端まで進み、両手を懸命に振った。

荷舟が桟橋に横付けされると、番士のひとりが飛びうつってくる。

「組頭さま、郡司平右衛門、ただいま到着いたしました」

「ふむ、ご苦労。無事で何よりじゃ」

郡司は柿色の筒袖に伊賀袴を穿き、額には鎖鉢巻きを締めている。

まるで、捕り物にでも向かう装束にみえた。

忠兵衛たちに目を移し、怪訝な表情をする。

それに気づいた安村が、慌てて言い訳をした。

「案ずるな。この者らは、平常から親しくしている口入屋の助っ人じゃ」

「助っ人でござりますか」

「不満か」

「いざというとき、逃げださぬともかぎりませぬ。裏切らぬという保証もない。だいいち、今宵の用心を訴えた張本人の森尾甚内どのが、行方知れずになったではありませぬか。噂では望月外記さまのご妻女と懇意になり、不義密通におよんだとも聞きました。森尾どのにかぎって、さようなふしだらな行為におよぶはずもない。きっと、この件には裏がござります」

「しっ、部外者のまえで口にいたすことではないぞ」

忠兵衛は「部外者」と言われ、嫌な気分になった。

と同時に、中条医の玄庵から聞かされたはなしをおもいだす。

不義密通で重臣の妻女を孕ませた小役人がおり、治療代のほかに高価な高麗人参を置いていったはなしだ。

それに、望月外記という名には聞きおぼえがあった。たしか、対馬藩宗家を支える勘定奉行のひとりだ。

郡司は不満を漏らしつづけた。

「味方すら疑って掛からねばならぬというに、口入屋に用心棒を頼むとは、慎重な安村さまのご差配ともおもえませぬな」

「おぬしの気持ちもわからぬではないが、これは上のご意向なのじゃ」

「上とは、小納戸頭で人参奉行の磯山主水之丞さまにございますか」

「ほかに誰がおる。磯山さまは森尾の訴えに耳をお貸しになり、そのうえで、小納戸方のへっぽこ役人だけでは心許ないと仰せになった。それゆえ、詮方なく」

「お待ちを。お奉行は、配下のわれわれをへっぽこと仰ったのですか」

「まあ、そう熱くなるな。わしも耳を疑ったが、考えてみればお奉行のことばにも一理ある。わしも入れてここにおる七人のなかで、刀を抜いたことのある者がおるか。ひとりもおるまい。藩邸の膳所で器を扱っている我らには、ちと荷が重すぎると、磯山さまも見抜いておられるのじゃ」

「だからと申して、外に助っ人を頼まずとも」

「まだ申すか。ここにおる忠兵衛はな、何度も修羅場を潜ってきた男ぞ。わしはな、ここから下屋敷までの道中、荷のみならず、みずからの命をも預けるつもりでおる」

「安村さまがそこまで仰るなら、もう何も言いませぬ」

不満げな郡司の指図で、荷の積みかえがはじまった。

忠兵衛たちは桟橋に佇み、ぼうっと眺めているだけだ。

もちろん、荷には触れさせてもらえない。

荷の詰まった木箱は番士たちの手から手へ移され、荷車に山積みにされたあと、大きな筵で周囲を包み、縄で何重にも固く縛られた。

空に月はなく、どす黒い雲が流れている。

「何もなければよいのだがな」

安村の口から漏れた台詞が、一同の不安を掻きたてる。

ぎっと、荷車が軋みだした。

御成街道をまっすぐ北へ向かい、下谷広小路から三橋を渡って艮の方角へ進む。

三橋を渡るまでは通行人の影もあり、さほど緊張も強いられない。

橋を渡ると左手に、東叡山寛永寺の杜がみえてきた。

道は緩やかな高低を繰りかえし、まっすぐにつづいていく。

亥ノ刻を過ぎて町木戸が閉まったせいか、周囲に人影はなくなった。

左右に繋がる坂本町の町並みは暗く、前方には提灯の灯りひとつみえない。

だが、ここまで来れば下屋敷は近い。

もうすぐ、音無川の川音も聞こえてくるであろう。

――ぎぎっ。

荷車が軋みあげた。

上り坂のせいで、車夫たちの息が荒くなる。

「襲うとすれば、この坂か」

忠兵衛はつぶやいた。

ほぼ同時に、道の左右から人影が躍りだしてくる。

「敵だ」

安村が叫んだ。

敵とおぼしき連中が、後ろからも駈けてきた。

薄暗がりできちんと把握(はあく)できぬが、十人は優に超えていよう。

破落戸(ごろつき)風の者もいれば、悪相の浪人たちもいる。

誰かに金で雇われた連中にちがいない。

「出たな、くせ者め」

前面で対峙(たいじ)する安村の声は震えている。

「やはり、内通者がおったのだ」

後ろで叫ぶ郡司を、安村はたしなめた。

「さような詮索(せんさく)をしているときではない。荷を守れ。命に代えても守るのじゃ」

藩士たちは刀を抜き、荷のまわりに張りつく。だが、七人とも腰が引けていた。

車夫たちは膝(ひざ)を震わせ、逃げる機会を窺(うかが)っている。

一方、待ちぶせしていた連中は堂々としており、辻強盗に慣れた手合いであることは一目瞭然(いちもくりょうぜん)だった。

「くせ者どもめ、雇い主は誰じゃ」

郡司は声をあげ、安村の前面へ飛びだす。

相手のほうからも、無精髭を生やした浪人が踏みだしてきた。

「莫迦か、おぬしは。雇い主の素性を喋るはずがなかろう」

浪人は刀を抜かず、するすると間合いを詰めてきた。

「わるいことは言わぬ。死にたくなければ荷を置いていけ」

「黙れ」

郡司は喚きながらも後方へ退き、代わりに若い藩士の尻を叩く。

「行け、あやつを斬ってこい」

押しだされた藩士は刀を青眼に構えたが、膝の震えがこちらにも伝わってきた。

「恐れるな。賊を斬りすてよ」

郡司が後ろから叫ぶ。

危ういなと、忠兵衛は察した。

刹那、若い藩士が突っこんでいく。

「ぬわああ」

浪人はすっと身を沈め、瞬時に刀を抜いた。

居合だ。

「せいっ」

気合いと悲鳴がかさなり、若い藩士の右腕が宙に飛ばされた。

「ぎゃっ」

片膝をついたところへ、容赦なく二の太刀が振りおろされる。

「ぬぐっ」

――ばすっ。

藩士の首が落ち、夥しい血が噴きだした。

「ひぇっ」

安村も郡司も腰を抜かす。

浪人は血振りを済ませ、見事な手さばきで納刀してみせた。

番士たちは死の恐怖に耐えかね、膝をがくがくさせている。

「ふへへ、だから、やめろと言ったろう」

浪人の背後で、町人髷の優男が笑った。

顔はよくみえない。疳高い声が癇に障る。

忠兵衛に無言で促され、左近がゆらりと一歩踏みだした。

ここはひとつ、力量のちがいをみせてやらねばなるまい。

となれば、斬りあいに不慣れな又四郎よりも、殺生石の異名を持つ左近のほうが適役だ。

無精髭の浪人が眉をひそめる。

「ほう、毛色の変わったのがおったな。わしと同じ穴の狢か」

ふたりは抜かずに対峙し、じりっと間合いを詰めた。

一気に殺気が膨らみ、車夫たちが一目散に逃げだす。

「ならば、まいろう」

浪人は鋭く踏みこみ、低い位置から抜刀する。

「せいっ」

刹那、遅れて抜いたはずの左近の白刃が一閃し、浪人の右腕を肩口からばっさり斬りおとした。

「ごはっ」

浪人は血を吐き、海老反りになって倒れる。

「ひぇぇえ」

悲鳴をあげたのは、町人髷の優男だった。

優男が尻をみせて逃げると、雇われたほかの連中も潮が引くように居なくなった。

いちばん強い居合侍が手もなく斬られたのをみて、命が惜しくなったのだろう。

暗い道端には、右腕を失ったふたつの屍骸が転がっている。

安村ら小納戸方の藩士たちは、身じろぎもできずに佇んでいた。

なかには、袴の股ぐらを濡らしている者もある。

緊張を解いた又四郎が、安村に向かって焦れたように問うた。

「荷の中味をお教え願えませぬか」

「……す、すまぬ。藩の行く末にも関わることゆえ、それだけは教えられぬ。このとおりじゃ、堪忍してくれ」

深々と頭を下げられ、又四郎は黙るしかない。

忠兵衛は身を寄せ、小柄な剣士の肩を叩いた。

血腥さとともに、釈然としないおもいだけが残る。

やがて、荷車が動きだした。

荷車を牽く者も押す者も、誰ひとり口をきく者はいなかった。

三

翌日の午後、忠兵衛はもやもやした気持ちを抱えたまま、石清水玄庵のもとへ足を運んだ。

中条流の看板がさがった表戸を敲かず、脇道から勝手口へまわる。

「あっ」

板戸が蹴破られており、内から呻き声が漏れてきた。

覗いてみれば、上がり端で玄庵が仰向けになっている。

着物はくずれて顔は腫れあがり、撲る蹴るの暴行を受けたことはすぐにわかった。

「くそっ」

近づいて肩を抱きおこす。

「……うっ」

玄庵は薄目を開けた。

どうやら、刃物傷はなさそうだ。

「しっかりしろ」

声を掛けると、意識を取りもどす。

「……お、おぬしか……み、水をくれ」

土間に置かれた水瓶から柄杓で水を汲み、慎重に呑ませてやる。

玄庵はひと口呑んで咳きこみ、痛そうに胸を押さえた。

肋骨を折られたなと、忠兵衛は察した。

「……お、おせいを奪われた。わしとしたことが……な、情けない」

女の名は、おせいというらしい。

奪った男は情夫を気取った男だ。

「伊八じゃ。はなしたろう。おなごに美人局をやらせておる破落戸のことさ」

女に三度も子を堕ろさせたあげく、山谷堀に捨てた疑いのある鬼畜のごとき男が、どうやら、おせいにも美人局をやらせていたらしい。

「手下をふたり連れてきおった」

伊八たちは、客のもとから逃げたおせいを必死に捜していた。中条流の医者とは持ちつ持たれつの仲だが、頑固な玄庵とは折りあいがわるかった。それだけに、玄庵にも目を光らせていたところ、おせいが網に掛かったのだ。

「おせいは朝になったら快復し、外に出たがった。やめておけと何度も言うたたのじゃろう」

が、聞く耳を持たず、一刻ほど留守にしおった。おおかた、そのときにみつかっ

　おせいが戻ってほどなくして、伊八たちが踏みこんできた。

「抗ったが、無駄じゃった」

　土間には柄の長い刺股が転がっている。

　玄庵は刺股を振りまわして抵抗したが、肋骨を折られるほどの暴行を受け、為す術もなく、おせいを奪われてしまった。

「すまぬが、板戸の枠で添え木をつくってくれぬか」

　言われたとおりに添え木をつくり、傷ついた胸に当ててさらしで縛る。

　玄庵は起きあがり、どうにか座ってはなしができるようになった。

「伊八の行き先に心当たりは」

「わからぬ。おせいの父親なら、知っておるやもしれぬ」

「住んでいるさきは」

「遠くはない。浅草寺脇の蛇骨長屋じゃ」

　父親の源吾は、腕のよい左官だった。ところが、二年ほどまえに居酒屋でちんぴらにからまれ、利き手の甲を徳利で叩きつぶされた。そのとき以来、おもいど

おりの仕事ができなくなり、酒に溺(おぼ)れてしまっているという。

「博打(ばくち)に手を出して、地廻りから高利の金を借りた。その金が返せなくなり、一人娘のおせいが借金のカタに取られたのじゃ」

　半年ほどまえのはなしらしい。

「おせいが喋ってくれたすべてじゃ。おせいを借金のカタに取った地廻りなら、伊八の行き先を知っておろう。ひょっとしたら、伊八は地廻りの手下かもしれぬ」

　忠兵衛は腰を持ちあげた。

「よし、今から行ってみよう」

「待て。伊八をみつけて、どうするつもりじゃ」

「決まってんだろう。おせいを取りもどす」

「通りがかりのおぬしが、何でそこまでやる」

「理由なんざねえ。おめえさんだって、救ってやりてえんじゃねえのか。それと同じ気持ちさ」

「俠気(おとこぎ)というやつか。よし、人参代は只にしといてやろう」

「あたりめえだろうが」

忠兵衛は吐きすて、ぎろりと玄庵を睨みつけた。

「それより、ひとつ教えてくれ。あんた、腹の子を堕ろしちゃいねえだろうな」

「なぜ、知りたい」

「なぜって、子堕ろしがあんたの商売だからさ」

「ふん、見損なうな」

玄庵は声を荒らげた途端、肋骨の痛みに顔をしかめた。

「おせいはな、堕ろしてほしいと、泣きながら訴えおった。何せ、父親が誰かもわからぬ子じゃからとな。されど、わしが諭したら、少しだけ考えてみると言うてくれた。おなごは面倒な生き物じゃ。自分で白黒を決めることができぬ」

忠兵衛の目が優しくなった。

「何て言ってやったんだい」

「迷っておるなら産め。産まねば一生後悔するぞと、偉そうに諭してやったのだわ」

「あんた、中条流にしとくにゃもったいねえ医者だな」

「ふん、褒めるのは、おせいを助けてからにしてくれ」

「わかった。じゃ、行ってくるぜ」

うなずく玄庵を残し、忠兵衛は外へ飛びだす。

晴れていた空は一転、雨雲に覆われつつあった。

四

蛇骨長屋は浅草寺の西寄り、田原町三丁目の奥にある。

南北にずらりと連なる棟割長屋には、浅草寺や東本願寺などにも関わりのある仏師や数珠師などが多く住んでいた。

門脇の自身番を覗くと、大家らしき初老の男が衝立の向こうで居眠りをしている。

忠兵衛は「こほっ」と咳払いをし、衝立のうえから覗きこんだ。

「うえっ、誰だ」

「驚かしてすまねえ。左官の源吾はいるかい」

「いねえよ。昼間っから、近くの居酒屋に入り浸りさ。娘を借金のカタに取られたってのによ」

大家は座りなおし、渋茶をふくんだような顔で吐きすてる。

「あんた、岡っ引きか」

「とんでもねえ。おれは神田の口入屋だ」

「口入屋が源吾に何の用だい」

「娘のおせいが高熱を出してな、そいつを伝えなくちゃならねえ」

「あんた、ひょっとして、びんずるの伝蔵の手下か」

「びんずるの伝蔵ってのは誰だ」

「花川戸の地廻りさ。源吾を嵌めて博打に誘い、借金漬けにしたあげく、娘のおせいを奪っちまった。世のためにならねえ悪党だよ」

おせいは気立てのよいしっかり者で、長屋の連中から可愛がられていたらしい。

「掃き溜めに鶴ってのは、おせいちゃんのことさ。仲見世通りにある水茶屋の看板娘でな、人気の絵師たちが錦絵にしたいと申しこんできたほどだった。破落戸どもに引きずられて行っちまったあとは、長屋の灯が消えたみてえになってな」

床に目を落とす大家に教えてもらった居酒屋は、半町ほど離れた辻を曲がったあたりにあった。

居酒屋の親爺は源吾と幼なじみで、呑み代の融通が利くらしい。

薄汚れた暖簾を振りわけると、客は三人しかおらず、そのうちのふたりはうらぶれた浪人だった。

源吾は呑みつぶれ、奥の床几にうつぶしている。

忠兵衛は見世の親爺に目配せを送り、音も起てずに奥へと進んだ。

源吾はこちらの気配を察し、むっくりと顔を持ちあげる。

眸子は充血し、猫のように目脂がこびりついていた。

「ちょいと邪魔するぜ。あんた、源吾さんだろう」

「何だおめえは、借銭乞いか。だったら、おれは源吾じゃねえ。源吾のやつは大川で川垢離をやったあと、相模の大山詣でに行っちまったかんな」

「大山詣でか、ふん、気楽なもんだぜ。安心しな、おれは借銭乞いじゃねえ。神田の口入屋だ」

「神田の口入屋が、浅草の左官に何の用だ」

「へえ、あんた、まだ左官をやってんのか」

「何だと、この野郎。もういっぺん言ってみろ」

源吾は忠兵衛の胸ぐらを摑み、憤然と立ちあがる。

が、勢いもそこまでだった。手を振りほどくと、土間に尻餅をつく。

「気の短え親父め、呑みすぎなんだよ」

裾(すそ)を捲って屈み、上から叱(しか)りつけてやった。

「そんな体(てい)たらくだから、でえじな娘を奪われちまうのさ」

「何だと。てめえ、おせいに何をした」

「何もしちゃいねえ。昨日、あんたの娘は浄閑寺のそばの軒下で雨宿りをしていた。裸足で、しかも、ひでえ熱を出していやがった。おれは通りすがりにそいつを見掛け、放っておくわけにもいかず」

「助けてくれたのか」

「ああ。道を挟んだ向かいに、中条の医者をみつけてな。そこへ連れていった」

「……ちゅ、中条か」

「咄嗟(とっさ)の判断だ。仕方あんめえ。それにな、玄庵という医者はなかなかの人物だ。高価な高麗人参の煮汁を呑ませてくれたんだぜ」

「……そ、それで、おせいは」

「今朝になって快復したそうだ。でもな、朝方一刻ばかり外に出たせいで、破落戸どもにみつかった」

「奪われちまったのか」

「ああ、そうだ」

目を剝いて乗りだす源吾を抱きおこし、床几に座らせてやる。

忠兵衛もかたわらに座り、落ちついた口調で問うた。

「伊八って名に聞きおぼえはねえか」

「ある。伝蔵の手下だ。鮫肌の伊八と言ってな、蛆虫みてえな野郎だよ」

大家も言っていたとおり、源吾は博打にのめりこんで借金漬けにされた。町中で最初に声を掛けてきたのが、おせいを奪いかえしにきた伊八であったという。

源吾はおいそれとはなしに乗らずにいたが、壁塗りを頼まれた置屋の女将からの口添えもあり、表向きは御法度とされている場末の鉄火場へ足を向けてしまった。

忠兵衛は、ほっと溜息を吐く。

「伝蔵のところへ行けば、娘を取りもどすことができるかもしれねえな」

「取りもどしてくれんのかい」

「ああ」

源吾は、なかば驚いてみせる。

「ありがてえはなしだが、何でまたそこまで」

「行きがかりってやつさ」

「行きがかり」

「困ってる弱え者がいたら、何をさておいても助けてやる。それが江戸で生まれた者の心意気じゃねえのか」

「騙されたおれが言うのも妙なはなしだが、伝蔵たちは根っからの悪党だ。目を付けられたら、厄介なことになる。下手をすりゃ、命も失いかねねえ。それでも、やってくれるってのかい」

「何度も聞くな。意気に感じるなら、少しは改心しやがれ」

「待ってくれ。おせいは今朝、おれを訪ねてきたんだ」

「何だと。それで、会ったのか」

「いいや、会ってねえ。合わせる顔がねえから、おれはずっと稲荷の陰に隠れていたんだ」

「けっ、情けねえ親だぜ。娘が命懸けで父親の顔をみにきたってのによ」

「おれだって、おせいに会いてえ。許してもらえるなら、会って謝りてえ。あいつはずっと、死んだ母親の代わりに、おれみてえな駄目な親父の面倒をみてきたんだ」

源吾は土間に這いつくばり、足許に縋りついてくる。

「……す、すまねえ。どこのどなたか存じませんが、おせいを助けてやっておくんなさい」

忠兵衛は屈み、静かに語りかけた。

「顔をあげてくんな。源吾さんよ、娘を助けてやったら、改心するのかい」

「する。約束する」

「よし、そのことばを忘れんなよ」

忠兵衛は立ちあがるや、ひらりと袖をひるがえす。

颯爽と胸を張って歩き、後ろもみずに居酒屋を飛びだした。

おせいが身籠もっていることだけは、はなすことができなかった。

破落戸どもにどうされているかもわからぬし、腹の子が無事なら、おせいの口から父親に言わせたほうがよい。

ともあれ、今は伝蔵と伊八に会ってみるしかない。

もちろん、真っ正直にぶつかっても勝負にならないことはわかっている。

「策がいるな」

と、忠兵衛はつぶやいた。

五

釈迦の弟子である賓頭盧尊は、病除けの功徳がある撫で仏として知られている。

禿げあがった風貌から「びんずる」の異名で呼ばれる伝蔵は、周囲の評判を聞いても阿漕なやり口で知られる地廻りだった。

顔もからだも大きいので、町中を歩けばすぐにわかる。

伝蔵に目を付けられたら「尻の毛まで抜かれる」と恐れる者も多い。

忠兵衛はそんな悪党の根城へ、平気な顔で踏みこんでいった。

大川に面した平屋の表には、赤地に黒文字で『伝』と書かれた大提灯が揺れている。

「ごめんよ、邪魔するぜ」

気楽な調子で声を掛けると、土間や板の間に屯する強面の連中が振りむいた。

破落戸風の手下どものほかに、月代の伸びた浪人たちのすがたもみえる。

伝蔵に飼われた用心棒であろう。

「何だ、おめえは」

応じた優男の声は疳高く、聞きおぼえがあった。

ひょっとしたら、対馬藩の荷車を襲った連中のひとりかもしれない。

疑いの目を向けると、優男のほうも眉間に縦皺を寄せた。

「その顔、どっかでみたぞ」

「へへ、どこにでもある顔でござんすよ」

「あっ、おもいだした。売れねえ緞帳役者によく似たのがいる」

「売れねえってのが、余計でやんすね」

忠兵衛は胸を撫でおろし、作り笑いを浮かべてみせる。

「ところで、こちらに伊八さんて方はおられやすかい」

途端に、優男は身構えた。

「伊八はおれだ」

「なるほど、あんたが伊八さんで」

忠兵衛は内心、小躍りしたくなった。

伊八の頰には、爪で引っ掻いたような傷跡がある。それがみようによっては、鮫の鰓にみえた。「鮫肌」と呼ばれているのは、おそらく、その傷のせいだろう。

「おめえさんを訪ねれば、まとまった金を貸してもらえるって聞いたもんでね」

「誰だ、そんなことを抜かしたのは」

「今戸町の置屋の女将で」

「おしのか」

「へい、そのおしのさんで」

「それなら、しょうがあんめえ。おめえ、名は」

「忠兵衛と申しやす。神田で口入屋を営んでおりやしてね」

「口入屋なら、金に不自由はすめえ」

「ところが昨今は、めっきり仕事が減りやしてね、懇意にしていただいているお武家衆の懐中もお寒くなってめえりやした。金繰りに困って夜逃げしちまった知りあいもおりやしてね、手前もじつは途方に暮れておりやした」

「それで、おしのに泣きついたのか」

「ええ、仰るとおりで。伊八さんのところへ行けば金を貸してもらえるって聞いたときは、天の助けかとおもいやしたぜ」

もちろん、おしのなどという女将は知らない。口からでまかせを並べると、伊八はにんまり笑った。

「それで、いくら欲しい」

「三百両ほど」

「三百両か」

伊八は少し考え、困ったような顔をする。

「おれは伝蔵親分の右腕として、ここの若い衆を束ねている。でもな、三百両ものまとまった金となりゃ、さすがのおれも裁量がおよばねえ」

逆捩じを食わせ、おせいを連れてこさせようかとおもったが、失敗ったら手仕舞いになるので踏みとどまった。

そこへ、人影が外からのっそりあらわれる。

禿げ頭の伝蔵だ。

「あっ、親分、お帰えりなせえやし」

「おう、客人か」

「へい、今戸のおしのの紹介で三百両借りてえと仰ってやす」

「三百両だと」

伝蔵はぎろりと目を剝き、疑り深そうな顔になる。

「三百両は大金だ。何に使いなさる」

忠兵衛は照れたように笑い、鬢を掻いた。

「おおっぴらにできるようなことじゃありやせん」

「女絡みか。ひょっとして、手切金の工面とか」

「さすが、親分さん。お察しがいい」

「おめえさんみてえな見栄えのいい男は、女に気をつけなくちゃならねえ。商売は何をやってんだい」

「口入屋をやっておりやす」

「だったら、店があるってわけだな。それに、縹緻よしの女房もいるとか」

「縹緻よしかどうかは別にして、女房はおりやす」

「女房と別れたくねえから、外に囲った女に手切金を払うんだろう」

「何から何まで仰るとおりで」

伝蔵は少し考え、ぽんと胸を叩いた。

「よし、三百両、耳を揃えて貸してやろうじゃねえか」

「えっ、ほんとうですかい」

「ただし、店の沽券状を担保に貰うぜ」

「ちょっと待ってくれ。そいつは無理だ」

忠兵衛は、わざと慌てふためいてみせる。

「伊八さんに頼めば、担保無しで貸してくれるって聞きやしたよ」

「ふん、今戸の女将め、適当なことをほざきやがって。担保も無しに三百両もの大金を貸す莫迦が、どこにいるってんだ」

怒らせたときが退けどき、忠兵衛は「出なおしてきやす」と低声で言い、逃げるように敷居から飛びだした。

六

忠兵衛は露地裏の暗がりに紛れ、壁際の物陰に身を隠した。

尾行してきた伊八をやり過ごし、じっと夜になるのを待つ。

おせいを一刻も早く救いたいのは山々だが、根城に軟禁されているとはかぎらない。

ここはじっくり粘って、悪党どもの動きを探るのが先決だ。

忠兵衛は息を殺し、伝蔵たちを見張りつづけた。

闇が深まるにつれて、根城に出入りする者も減っていく。

――ごおん、ごおん。

浅草寺の鐘が亥ノ刻を報せた。

突如、町木戸がばたばた閉まりだす。

しばらくすると、四人の男が根城の外に出てきた。

伝蔵と伊八、それと提灯持ちのちんぴらがふたりだ。

四人は川沿いの道を南へ進み、黒船町の船蔵までやってきた。

蔵の入口には、恰幅のよい商人と月代を剃った侍が立っている。

「遅いぞ、伝蔵」

商人が頭ごなしに怒鳴りつけた。

伝蔵は大きなからだを縮める。

「申し訳ございません」

どちらが上かは一目瞭然だ。

商人は侍に気を遣いつつ、愚痴をこぼした。

「松井田さまもこうして、わざわざおみえになったのだ。お墨付きは、手に入れたのだろうな」

「いいえ、それがまだ」

「何だと。おせいは持っておらなんだのか」

「へい、とんだ見込み違いだったようで」

「見込み違いでは済まされぬぞ」

と、月代侍のほうが声を荒らげる。

商人に「松井田さま」と呼ばれた男だ。

「高麗屋、どういたす。お墨付きが表沙汰にでもなれば、わしもおぬしも仕舞いぞ。無論、望月外記さまもな。それどころか、藩ひとつ消えてしまうやもしれぬ」

「承知しております」

「ならば、どうする」

「森尾甚内を責めるしかありますまい」

「ふむ、そうだな」

忠兵衛は暗がりで耳をかたむけ、ごくっと空唾を呑みこんだ。

会話に出てきた「望月外記」も「森尾甚内」も、筋違橋から荷車を運んだとき、郡司平右衛門の口から漏れた名だ。たしか、森尾は小納戸方の同僚で、勘定奉行である望月の妻女と親密な仲になったとの噂が流されていた。

高麗屋の声が聞こえてくる。

「森尾が幕府目付の隠密であることは、従前からわかっておりました。松井田さまの睨まれたとおり、勘定奉行の望月さまのお墨付きを盗んだことも、捕まえてからのちに本人が認めております。それゆえ、この伝蔵に命じ、おせいなる女を使って美人局を仕掛けたのでござります」

「されど、女は我らを裏切った。森尾と親密になり、お墨付きを託されて逃げたと、おぬしは言うたな。ところが、女を捜しだしてみると、お墨付きを持ってはおらなんだと、そういうことか」

「はい、そのようで」

「ならばなぜ、女は逃げたのだ」

松井田は高麗屋ではなく、伝蔵を睨んだ。

睨まれた伝蔵は、かたわらの伊八に顎をしゃくり、伊八が低声で応じた。

「あっしも気づきやせんでしたが、おせいは身籠もっておりやした。どうやら、子を堕ろしたかったみてえで。なるほど、みつけたのは中条のところでやんした」

「ふん、くだらぬ。女が身籠もっておろうが、子を堕ろそうが、さようなことはどうでもよい。お墨付きを持っておらぬとなれば、すべてが振り出しに戻ったということではないか」

高麗屋がすかさず、はなしを引きとる。

「やはり、森尾がどこかへ隠したとしか。松井田さま、あとはお任せを」

「猶予はないぞ。望月さまからも、矢のような催促を受けておるゆえな」

「承知してございます」

松井田なる月代侍は、肩を怒らせながら去った。

背中を見送った高麗屋に、伝蔵が声を掛ける。

「旦那、あっしらに責め苦をやらしてもらえやせんかね。その隠密野郎、死なせねえ程度に痛めつけてやりやすぜ」

「できるのか」

「へへ、お手のもんでさあ」

「よし、任せてやるから、かならず吐かせるのだぞ」

高麗屋も偉そうに言いすて、用心棒ともども居なくなった。

重い石の扉がひらかれ、伝蔵と伊八が踏みこんでいく。

しばらくしてから耳を澄ますと、笞の音と呻き声が聞こえてきた。

それから、四半刻も経ったであろうか。

汗だくの伝蔵と伊八が、真っ赤な顔で外へ出てくる。

「くそっ、しぶてえ野郎だ。伊八、あとはおめえがやれ」

「えっ、どうすりゃいいんです。もう、剝がす爪もありやせんぜ」

「傷口に塩でも擦りこんどけ」

「死んじまったら、どうしやす」

「川に捨てるっきゃねえさ」

「へへ、そうでやすね」

伝蔵も居なくなり、伊八は蔵の内に戻った。

入口の見張りは、ちんぴらがひとりだけだ。

忠兵衛は影のように近づき、ちんぴらに当て身を食わせた。

扉脇の篝火が揺れる。

石扉はなかばひらいており、内からは男の呻き声とともに、伊八と手下の声が漏れ聞こえてきた。

「兄貴、ほんとうに死んじまいやすぜ」

「そうだな。朝までもたねえかもしれねえな」

扉の隙間に身をねじこみ、暗がりのなかを進んでいく。

手燭の灯りに照らされて、伊八と手下のすがたがみえた。

そして、ふたりの背後に目をやれば、ざんばら髪の男が後ろ手に縛られ、天井から宙吊りにされている。

——ぎっ、ぎっ。

吊り縄が揺れるたびに、太い梁(はり)に装着された滑車(かっしゃ)が軋んだ。

「兄貴、どうしやす」

「ま、一服(いっぷく)つけて考えるか」

伊八は手下から離れ、煙管(きせる)の火口(ほくち)に火を点(つ)ける。

ふわっと、紫煙(しえん)が立ちのぼった。

手下は、こちらに背中を向けている。

忠兵衛は気配を殺し、伊八の背後に近づいた。

長い腕をまわし、後ろから口をふさぐ。

手刀で首筋を叩いた。

「うっ」

煙管が土間に落ち、伊八は白目を剝く。

「兄貴、どうしたんだい。うっ」

振りむいた手下も鳩尾(みぞおち)に当て身を食らい、気を失う。

忠兵衛は懐中から匕首を抜き、吊り縄を切った。

男の腰を抱きとめ、そっと土間に横たえる。

縄目を外しても、男はまったく動かない。

ひどい責め苦のせいで、顔がくずれていた。

「おい、しっかりしろ」

からだを揺すると、ようやく薄目を開けた。

吐く息はかぼそい。もはや、死にかけている。

それでも、最後の力を振りしぼり、必死に何かを訴えかけた。

「どうした、何が言いてえんだ」

忠兵衛は覆いかぶさり、口許に耳を近づける。

「……お、お墨付き……お、おせいに……お、おせいに」

「おせいに、渡したんだな」

男はこっくりうなずき、ことされてしまう。

「くそっ」

忠兵衛は男を仰向けに寝かせ、瞼を閉じてやった。

頭をめまぐるしくはたらかせる。

責め苦を与えられたのは「森尾甚内」という幕府目付配下の隠密で、対馬藩宗家勘定奉行の「望月外記」の「お墨付き」を奪い、美人局を仕掛けてきたおせいに託したという筋書きらしい。

おせいは、とんでもないことに巻きこまれたようだった。

敵は、表沙汰になれば「藩ひとつ消えてしまうやもしれぬ」ほどたいせつな「お墨付き」を必死に捜しており、おせいに疑いを掛けていた。幸運にも疑いを解いたが、それもいつまでつづくかわからない。

ともあれ、ここからさきに首を突っこめば、厄介なことになるのは目にみえている。

だからといって、放っておけるわけがない。

忠兵衛は決意を固め、ぎゅっと口を結んだ。

七

今夜は長い夜になりそうだ。

忠兵衛は家に戻らず、石清水玄庵のもとへ向かった。

おせいの行き先に心当たりはないか、もう一度確かめるためだ。

勝手口の板戸は壊れたままで、看立所には夜風が忍びこんでいる。

玄庵は眠っておらず、板の間でひとり酒を呑んでいた。

「おう、戻ったか」

「待っててくれたのかい」

「肋骨が痛んでな、眠るどころではないわ。その浮かぬ顔からすると、おせいはみつけられなんだな」

「ああ」

おせいの父親に金を貸した地廻りの伝蔵を訪ね、夜まで張りこんで高麗屋という商人の蔵まで尾行した経緯（いきさつ）をはなしてやった。

玄庵はじっと耳をかたむけ、酒を注いでくれる。

忠兵衛は酒を呷（あお）り、ひと息ついてはなしをつづけた。

「蔵には侍が吊されててな、ひでえ責め苦を受けて死んじまった。死んだのは目付配下の隠密だ。名は森尾甚内」

「森尾甚内なら、知っておるぞ」

「やっぱしな。森尾は重臣の妻女を連れて、ここに子を堕ろしにきた。重臣ってのは、対馬藩宗家勘定奉行の望月外記なんだろう」

「そのとおりじゃ。森尾甚内は死んだのか。しかも、小納戸方ではなしに、幕府の隠密だったとはな」

森尾は「お墨付き」を奪うために、妻女に近づいたのかもしれない。

本人が逝った今となっては、真相は藪の中だ。

「森尾ってお人は、対馬藩が表沙汰にできねえことの証拠を握っていた。証拠ってのは勘定奉行の望月が高麗屋に下げわたしたお墨付きのことなんだが、どうやら、そいつをおせいに渡したらしいのさ」

「よくわからぬな」

玄庵は首をかしげる。

「勘定奉行のお墨付きとは何なんだ」

「昨夜、おれは対馬藩のお役人に頼まれて、下屋敷まで運ばなくちゃならねえ荷を守った。筋違橋から御成街道をたどり、寛永寺の脇を艮に抜ける道だ。坂本町のさきで、賊どもに襲われた。荷は無事だったが、賊のなかに鮫肌の伊八がいやがった」

「待て。すると、伝蔵たちは対馬藩の荷を狙っておったわけか。その荷とは何じゃ」

「わからねえ。でも、そいつがお墨付きと深く関わっている気がする」

「荷とはもしや、これではないのか」

玄庵は袖口に手を入れ、高麗人参を取りだす。

「人参かい」

「さよう。これは会津や出雲のように、国許で独自に栽培したものではない。朝鮮や清国から対馬へもたらされたものじゃ。よその国から渡ってきた高麗人参は、藩が得手勝手に卸してはならぬ」

高麗人参はいったん長崎会所に集められ、江戸にある幕府の人参座が一手に引きうけて薬種問屋へ卸す。

「それが定式じゃ。おせいに託されたお墨付きは、対馬藩の勘定奉行が高麗屋なる商人に下げわたしたものだと申したな」

「ええ、そう聞きやしたけど」

「わからぬのか。得手勝手に売ってはならぬ人参であるにもかかわらず、高麗屋にだけは売ってもよいというお墨付きがあるとすれば」

「対馬藩が藩ぐるみで抜け荷をやっている証拠になる」

「そういうことじゃ。おそらく、目付は対馬藩の抜け荷を暴くために、何年もまえから隠密を潜(もぐ)りこませておったのじゃろう」

本来ならば、藩から下されるはずのないお墨付きが、藩財政を司(つかさど)る勘定奉行から特定の商人に下されたのだ。おそらく、それは商人が不正の片棒を担(かつ)ぐのと交換に依頼したものにちがいない。

ところが森尾は色に溺れた妻女を高麗屋に近づかせ、お墨付きを盗みとることに成功したのだろう。

いずれにしろ、勘定奉行は藩を裏切り、不正をおこなっていた。

「おおかた、藩蔵に納めるべき高麗人参を横領し、商人を使って勝手に売りさばかせ、私腹を肥やしておったのじゃろう」

玄庵の描く筋書きは的(まと)を射(い)ている。

高麗人参を巡っては、藩と勘定奉行による二重の不正がおこなわれていた公算も大きい。

「されど、なぜ、高麗屋は藩蔵に納めるべき荷を襲わせたのであろう」

玄庵に問われ、忠兵衛は腕組みをする。

「よくわからねえが、それが勘定奉行の指図だったとすれば、藩内で勢力争いがあるってことかもな」

勘定奉行の望月が、対立する勢力を陥れる目途で荷を襲わせた。

しかも、あわよくば荷を奪い、売りさばこうとしたのかもしれない。

忠兵衛は、ほっと溜息を吐いた。

「それにしても、奇妙な因縁だぜ。よりによって、隠密がおせいにお墨付きを託すとはな」

「情を交わしたにちがいない。おせいは伊八に命じられて、隠密に美人局を仕掛けた。ところが、騙そうとした相手に惚れてしもうたのさ」

惚れた相手に頼まれ、命懸けで逃げだしたのであろうか。

隠密がいまわに漏らした台詞を、信じぬわけにはいかない。

「おせいはおぬしに助けられて、ここへ運ばれてきた。そのときはおそらく、お墨付きを携えておったはずじゃ。ところが、捕まったときは無くなっていた。どこかに隠したのじゃ」

玄庵は立ちあがり、おせいが寝起きしていた部屋へ向かう。

忠兵衛もいっしょに部屋を捜し、勝手や厠のなかまで隈無く捜してみた。

「この家には無いようじゃな。いったい、どこへ隠したのか」

「そうだ」

忠兵衛は、ぱしっと膝を叩いた。

今朝方、おせいが一刻ほど外出したことをおもいだしたのだ。

「おせいは、父親のもとを訪ねたようだぜ」

「なるほど、蛇骨長屋に行きおったのか」

玄庵は剃りのこした顎の髭を撫でる。

「いったい、何をしに行ったのか。ただ、親父の顔がみたかっただけではあるまい」

「と、言うと」

「お墨付きを託したかったのかも」

「呑んだくれの親父にかい。親父の源吾は合わす顔がねえから、お稲荷さんの陰に隠れていたらしいぜ。でも、言われてみりゃ、そうかもしれねえな。今から、ちょいと行ってくるか」

忠兵衛が腰をあげると、手負い(ておい)の医者は「わしも行く」と言った。

ふたりは早足に夜道を進み、浅草寺脇の蛇骨長屋へたどりついた。

もう、丑三つ刻(うしみつどき)だ。

木戸門は閉まっており、深酒をした酔っ払いのために開けておく脇の潜り戸(くぐりど)から忍びこむ。

「野良猫みてえだな」

忠兵衛はすんなり潜ったが、肋骨を痛めている玄庵はしんどそうだ。

長屋は寝静まり、しんとしている。

奥のほうで揺れる火は、稲荷社の石灯籠(いしどうろう)であろう。

源吾の部屋は戸が開いていたが、なかは蛻(もぬけ)の殻(から)だった。

仕方なく木戸門の外へ取って返し、自身番の戸を敲く。

ずんぐりした番太(ばんた)が目を擦(こす)りながら戸を開けた。

忠兵衛は頭を下げる。

「遅くにすまねえ。源吾は知らねえか」

「ああ、源吾のおっさんなら、たぶん、御門跡(ごもんぜき)の裏にいるよ」

「そんなところで何してんだ」

「裏壁に鏝絵(こてえ)を描いてんのさ」

「鏝絵」

「そうだよ。おっさんは鏝絵の名人でな、蓮(はす)の花を描くんだって張りきっていたぜ。右手はあんまし使えねえから、たぶん、左手で描くんだろうけどな」

番太に礼を言い、さっそく、通りひとつ渡った向こうの御門跡へ足を向ける。

鬱蒼とした杜は黒々としてみえ、月も無い夜空をいっそう暗くさせていた。

壁に沿って周囲を巡ってみると、裏手の遠くにぽつんと灯りがみえる。

「二年も鏝を握っておらぬやつが、どうして難しい鏝絵なんぞ描く気になったんだろうな」

玄庵の問いかけは、忠兵衛の抱いた疑念と同じだ。

逸る気持ちを抑えかね、早足で近づいた。

番太の言ったとおり、左手に鏝を握った源吾がいる。

「親父さん、驚かしてすまねえ。口入屋の忠兵衛だ」

「ん、あんたか。伝蔵のところへ行ったのか」

「ああ、行ったさ。でも、おせいはまだ取りもどせてねえ」

「そうかい。ま、しょうがねえやな」

源吾は壁に向かい、懸命に鏝を動かしはじめる。

「親父さん、ちょいとみてもいいかい」

「えっ、何を」

「鏝絵に決まってんじゃねえか」

「あいにくだが、みせるわけにゃいかねえ」

源吾は両手をひろげ、壁を覆いかくすようにする。

「まだ半分しか塗ってねえんだ。途中でみせるわけにゃいかねえ」

「職人の矜持ってやつかい。それとも、ほかにみせたくねえ理由でもあんのか」

「うるせえ」

「親父さん、かっかすんな。おれたちは敵じゃねえんだ。ほんとうは、娘に何か託されたんだろう。そいつを隠すために、鏝絵なんぞを描きはじめたんじゃねえのか」

忠兵衛が鋭く指摘すると、源吾は貝のように口を噤んだ。

「ふん、図星らしいな。鏝絵のなかに隠すとは考えたもんだ。でもよ、そいつをおれに渡してくれ。わるいようにゃしねえ。正直に言えば、おれはそいつと交換に、あんたの娘を救いだしてえとおもってる」

「ほんとうか。信じていいのか」

源吾は振りむき、握った鏝を匕首のように突きだす。

「裏切りやがったら、命を貰うぜ」

忠兵衛は月代を掻いた。

「やれやれ、困った親父だぜ。人がせっかく、親切心で言ってんのによ。娘を助けられなかったら、命でも何でもくれてやるよ。男に二言はねえ。これで満足か」

源吾はうなだれ、地べたに膝をついてしまう。

玄庵は龕灯（がんどう）を拾いあげ、壁一面を照らした。

薄紅色（うすべにいろ）の蓮の花が、ぽっと光に浮かびあがる。

「ほう、見事なもんだな。これなら、右手も左手も関わりねえや」

刹那、源吾の握った鏝が蓮に刺さった。

花弁が脆（もろ）くも欠け、内側から油紙の片端が出てくる。

源吾は油紙を差しぬき、何も言わずに忠兵衛に手渡した。

「すまねえが、ひらいてみるぜ」

「ああ、どうせ、おれは中味を知らねえ。神棚にそいつと、おせいの置き文（おきぶみ）をみつけたのさ」

「置き文には何て」

「他人の目に触れぬところへ隠しておいてほしいと、願い事が記されてあった。そんとき、蓮の花の鏝絵がぽっと頭に浮かんでな。おせいがまだ小せえころ、不忍池の蓮見舟に乗せてやったことがあった。夏の盛りの明け方さ。池にゃ濃い霧が立ちこめていやがってな。舟でゆっくり進んでいくと、霧の狭間に蓮の花がひとつ、ふたつとみえてきた。やがて、霧が晴れると、池一面に蓮の花が咲いていてな、おれもおせいもことばを忘れちまった。あのときにみた蓮の花が忘れられねえと、おせいはいつも言っていた。そいつを、おもいだしたのさ」

涙ぐむ源吾の喋りを聞きながら、忠兵衛はお墨付きを読んだ。

想像していたとおり、対馬藩宗家勘定奉行の望月外記が同藩御用達の高麗屋に下げわたした人参卸しの許可状だ。藩主の名と花押が記されておらずとも、重臣から下された書面には効力がある。

高麗屋はこのお墨付きと交換に、危ない橋を渡ることに決めたのだ。

「忠兵衛さん、頼む。おれみてえな老い耄れなんぞ、どうなったってかまやしねえ。おせいを助けてくれ。このとおりだ」

源吾は地べたに両手をつき、嗚咽を漏らしはじめる。

任せてくれとは言わず、忠兵衛は哀れな男の肩に手を置いた。

八

御徒町に密集する武家屋敷の大屋根には、五色の短冊で飾られた竹笹が無数に揺れている。七夕の当日は井戸替えの日でもあり、武家地も町人地も井戸のそばでは祭りのような盛りあがりをみせていた。

対馬藩宗家の上屋敷は、新シ橋を渡って向柳原の大路を進み、三味線堀へ向かう途中にある。

忠兵衛はこの日、安村藤兵衛から「至急上屋敷へ参上せよ」との言付けを受けた。上屋敷を訪ねてみると、安村本人が慌てた様子で門まであらわれ、御用商人が出入りする膳所のほうへ導かれた。

上屋敷には何度か訪れたことがあるものの、膳所から廊下へあがって奥の部屋まで案内されたおぼえはない。通された部屋は身分の高そうな者の控え部屋らしく、何かよほど重要なはなしであることだけは察しがついた。

しばらく待たされていると、安村がふたりの人物を連れて戻ってきた。

ひとりは知っている。筋違橋の荷運びで会った郡司平右衛門だ。

もうひとりの痩せた人物はこちらを一瞥し、上座に腰を下ろす。

「忠兵衛、小納戸頭の磯山主水之丞さまだ」

「はあ」

きょとんとしていると、安村の隣に座った郡司から叱責(しっせき)された。

「これ、頭が高いぞ」

「へへえ」

忠兵衛は畳に両手をつき、潰(つぶ)れた蛙のように平伏(ひれふ)す。

内心は、ここまでするほどの身分ではあるまいとおもったが、世話になっている安村の顔を潰さぬように配慮した。

安村が膝を躙(にじ)りよせてくる。

「手をあげよ。先日、荷を守ってもらったとき、賊のひとりを斬った手練(てだれ)がおったであろう」

「柳左近さまのことでやすかい」

「おう、そうじゃ。あの者を、ちと貸してもらえぬか」

「あっしは口入屋でござえやす。お貸しするのはやぶさかじゃござんせんが、いってえどのようなご用件で」

「内密の願い事じゃ」

と言いつつ、安村は上座の磯山に了解を求める。

磯山は面倒臭そうにうなずき、さりげなく横を向いた。

安村は咳払いをし、言いにくそうに口をへの字に曲げる。

「単刀直入に言おう。人を斬ってくれぬか」

「えっ」

「無理を承知で申すのじゃ。報酬は払う。このとおりじゃ、請けてくれぬか」

安村は頭を下げるどころか、両手を畳についた。

隣の郡司は苦虫を嚙みつぶしたような顔をし、磯山はそっぽを向いている。

忠兵衛は眉をひそめた。

「どうか、お手をおあげください。ほかならぬ安村さまのお願いとあれば、どのような頼みでもお請けしてえのは山々でござんすが、殺しとなりゃはなしは別だ。おいそれとお請けするわけにゃいかねえ。あたりめえでやしょう。あっしは一介の口入屋にすぎねえんですぜ」

「わかっておる。されど、頼ることができるのは、忠兵衛よ、おぬししかおらん」

「しょうがねえな」

　忠兵衛は吐きすて、小鼻をぷっと膨らます。

「それなら、まずは斬らなきゃならねえ事情とやらをお教えくだせえ」

「成敗してもらいたいのは奸臣どもじゃ。出入りの薬種問屋と結託し、私利私欲を貪る輩でな」

　ぴんときた。奸臣は勘定奉行の望月外記、薬種問屋は高麗屋惣左衛門のことにちがいない。

「奸臣を葬るのに、どうしてあっしなんぞをお使いなさるんで。堂々とお白洲で裁けばよろしいじゃござんせんか」

「それができぬゆえ、おぬしを呼んだのじゃ」

「表沙汰にできねえ秘密でもおありで」

　たたみかけると、安村は匙を投げた。

　匙を拾ったのは、上座の磯山である。

「詮方あるまい。わしからはなして進ぜよう。それはな、おぬしらに守ってもらった荷に関わりがある。荷の中味は高価な高麗人参でな、本来なれば長崎会所へ上納せねばならぬものじゃ。されど、わが対馬藩の勝手は今や火の車、幕府からの借入金は十五万両を超えておる。十万石の格式を保つためには、何としてでも藩財政を立てなおさねばならぬのじゃが、正直、これといった方策も浮かばなかった。ちょうどそんなとき、たまさか、対馬の近海で座礁した唐船から大量の高麗人参がみつかった。これをわが藩で没収し、法度と知りながら隠密裡に売りさばいたところ、おもいもよらぬ実入りがあってな、ご家老もこの手しかあるまいと仰ったのじゃ」

すなわち、藩ぐるみで高麗人参の直卸しを内密におこなっているのだと、人参奉行を兼ねる小納戸頭は告白した。

聞いてはいけないはなしを聞かされているようで、忠兵衛は居たたまれなくなる。

だが、席を立つわけにもいかず、磯山のはなしに耳をかたむけた。

「義功公が十一代さまになった年からじゃ。もう、六年になる」

藩主の義功公は御年十四、いまだ公方さまへの御目見も済ませておらず、国許から出たこともない。

「すべては、ご家老さまや側近の方々の裁量ですすめておることじゃ。万が一にでも秘密が外に漏れたときは、人参奉行のわしがまっさきにこの腹掻っさばき、一身に責を負う覚悟はできておる。ところが六年も経つと、鉄の結束にも綻びが生じておってな、重臣のなかには新興の悪徳商人と結託し、私利私欲を貪ろうとする輩が出てくる。誰かと申せば、勘定奉行の望月外記さまよ」

磯山はこちらの反応を窺い、声に情感を込めた。

「敢えて、敬称は使わぬ。望月は人参の利益を横取りすることで藩財政を掌握し、はては家老に昇りつめて藩を意のままに操ろうと企んでおる。わしも何度か暗闇で命を狙われたが、あれはまちがいなく望月の差し金だったに相違ない。おぬしらに荷の守りを頼んだのも、きゃつらの不穏な動きを察したがゆえのこと。おぬしの手の者がおらなんだら、今ごろは貴重な人参がきゃつらの手に渡っておった」

はなしが途切れたところで、忠兵衛はうなずいた。

「事情はよくわかりやした。ただ、何であっしらなんぞを使うのか、そいつが今ひとつわかりやせん。とどのつまり、ご自身の手は汚したくねえってことじゃござんせんか」

「これ、忠兵衛。無礼ではないか」

気色ばむ安村を、磯山が押しとどめた。

「おぬしが案ずるのも無理はない。されど、望月外記が右腕と頼む横目付に松井田半兵衛と申す者がおってな、そやつが藩内随一の剣客なのじゃ。情けないはなし、わしの手の者で松井田に対抗できる者はおらぬ。おぬしのもとにおる剣客ならば、勝負できるかもしれぬと、安村も申すものでな。それゆえ、恥を忍んで頼んでおる」

忠兵衛は上座を睨みつけ、口端を吊って笑う。

「高くつきやすぜ」

「かまわぬ。報酬以外の便宜もはかろう。今後、当藩の口入いっさいは、おぬしにやってもらう所存じゃ」

「書面にしていただけやすかい」

「ふむ、わかった」

「奸臣を葬るめえに、こちらからもひとつお願えがごぜえやす」

忠兵衛は懐中に手を入れ、お墨付きを取りだした。

「まずは、これをお読みくだせえ」

お墨付きは、安村の手から磯山に手渡される。

磯山は書面に目を通し、途端に顔色を変えた。

「……こ、これを、どうやって手に入れたのじゃ」

震える手から落ちたお墨付きを安村が拾い、郡司とともに目を張りつける。

忠兵衛は三人のうろたえぶりを注視しながら、落ちついた口調で語りはじめた。

「おせいという哀れなおなごが、父親に託したのでごぜえやす。磯山さまは、森尾甚内というお役人をご存じでやしょうか」

「知らぬはずはない。三年前、わが藩と関わりの深いお旗本のご推挙により、小納戸方に配された者じゃ。数日前から行方知れずになっておるとか。のう、安村」

「はっ、安否を案じております」

忠兵衛は冷笑してみせる。

「ひょっとして磯山さまは、勘定奉行の望月から高麗屋にお墨付きが下されたことをご存じだったんじゃござんせんか。しかも、そのお墨付きを奪うために、森尾さまに命じ、勘定奉行の妻女と懇(ねんご)ろになるように仕向けたんだ」

忠兵衛の指摘に、磯山は蒼白な顔で黙りこむ。

「なるほど、そのお顔からすると、図星のようでござんすね。でも、おめえさん方は、とんでもねえ勘違いをしておりやすよ。森尾甚内っていうお人は、幕府目付配下の隠密でござんす」

「げっ、まことかそれは」

磯山たちは、心ノ臓が飛びだしたかのごとく驚いた。

忠兵衛は動揺する安村の手から、するっとお墨付きを奪いとる。

「森尾さまはこいつを手に入れ、対馬一国の処分を幕閣にはかるつもりでいた。ところが不運にも望月一派に捕まり、ひでえ責め苦を受けたあげくに死んじまった」

「……し、死んだのか」

「へい。あっしは、いまわに立ちあいやした。森尾さまはお墨付きを、おせいという女に託したと仰った。どうして託したのか、そいつはわからねえ。何せ、おせいは高麗屋の差し金で、森尾さまに美人局を仕掛けた女だった。ふたりのあいだに、どんな情が交わされたのかはわからねえが、ともあれ、お墨付きはまわりまわって、このとおり、あっしの手に落ちた。何とも、皮肉なはなしじゃござんせんか。私欲を貪る奸臣どものおかげで、藩は救われたんでやすよ」

郡司が立ちあがり、手にした刀を抜こうとする。

「おぬしは何者じゃ。森尾の手下か」

「莫迦なことを言っちゃいけねえ。森尾さまの手下なら、今ごろ千代田のお城に走っておりやすぜ。あっしの素性なんざ、どうだっていい。隠密の願いを命懸けで聞いてやった女が、今も敵の掌中にありやしてね、あっしはお墨付きと引き換えに女を取りもどしてえんだ。磯山さまから望月にはなしを通してもらえりゃ、たぶん、事は簡単に運ぶ。おせいさえ無事に取りもどすことができりゃ、報酬なんざいらねえ。できねえと仰るなら、今日のはなしはなかったことにしてもらいまさあ」

「こやつめ」

安村と郡司が、鬼の形相で睨みつけてくる。

「ふうむ」

磯山は苦しげに呻き、おもむろに口をひらいた。

「わからぬ。おぬしはなぜ、美人局に使われるような女を、それほど助けたいのだ。しかも、報酬もいらぬという。おぬしは女ひとりの命と引き換えに、わしらの頼み事を引きうけるのか」

「それが江戸で生まれた者の矜持ってやつでね。さあ、どうなさる。やるのかやらねえのか、この場でしかとご返答いただきやしょう」

忠兵衛は片膝を立て、どんと畳を踏みつける。

三人は身を反らし、ことばを失ってしまった。

九

三日後、文月十日は四万六千日のご利益を得るために、おぶんと浅草寺の観音詣でに出掛けた。

土産に買った虫除けの青酸漿を店のなかに吊し、ひと息ついたところへ、又四郎がやってきた。さらに、対馬藩小納戸方の安村藤兵衛があらわれ、約束どおりに段取りはつけたと告げられたので、忠兵衛はおぶんに「ちょいと出掛けてくる」と、気軽な調子で笑いかけた。

又四郎も入れて三人で向かったさきは、浅草黒船町にある薬種問屋の高麗屋だ。

敵の掌中へ誘われることも、おそらく罠が仕掛けられているであろうことも、最初から予想はできている。馬ノ鞍横町の店を出たのは夕暮れだったので、黒船町に着くころには薄暗くなっていた。

「高麗屋は古狸だ。油断してはならぬ」

と、安村は言った。

お人よしの小役人は、みずから望んで来たのではない。

上役の人参奉行に命じられて、嫌々ながらも足労したのだ。

「十九の娘の嫁ぎ先が決まってな、できれば面倒事は避けたいのじゃが、磯山さまの命とあれば詮方あるまい」

そんな安村がいなければ、高麗屋は一介の口入屋がお墨付きを持っていることを信じなかったであろう。

「忠兵衛よ、正直なところを聞かせてくれ。おぬし、その女に惚れておるのか」

「へへ、そりゃねえな」

「だったら、どうして助ける」

「そいつは、あっしにもわからねえ。ただ、おせいを見捨てたら天罰が下るとおもっただけでさあ」

「見掛けによらず、信心深い男だな」

「今ごろおわかりで」

和気藹々と喋るふたりの様子を、又四郎は不思議な顔でみつめている。

忠兵衛は口を尖らせた。

「安村さまは人がよすぎるんじゃございませんか。今日みてえな場にゃ、郡司さまも来なくちゃならねえはずだ」

「郡司はわしとちがって要領がいい。磯山さまにもたいそう可愛がられておる。ふっ、あやつ、どうやら、わしの後釜を狙っておるようでな」

「なるほど、野心家でいなさるので」

「まあ、そういうことだ」

正面には大川が流れている。

三人は黒船町の一角へやってきた。

高麗屋を訪ねると、目つきの鋭い手代があらわれ、奥の離室へ案内された。

長い廊下や泉水のある中庭にまで、雇われ浪人や破落戸どもが配されている。

十畳敷きの部屋にはいると、高麗屋惣左衛門とびんずるの伝蔵が上座のほうから睨みつけてきた。

忠兵衛の顔をみるなり、伝蔵が吼えあげる。

「やっぱし、おめえか。妙な野郎だとおもったぜ」

「おせいはどうした」

「生きてるよ。お墨付きは持ってきたんだろうな」

「ここにある」

忠兵衛は懐中から、お墨付きを取りだした。

「こっちへ寄こしてもらおう」

「おせいがさきだ」

「ちっ、襖を開けろ」

伝蔵が怒鳴ると、かたわらの襖が左右にすっとひらいた。

後ろ手に縛られたおせいと、匕首を握った鮫肌の伊八が立っている。

「おせい」

名を呼ぶと、おせいは顔を持ちあげた。

「ずいぶん、窶れちまったな」

忠兵衛のことがわかったのか、驚いて目を白黒させる。

伊八が匕首を閃かせ、おせいの白い喉元へあてがった。

「さあ、お墨付きを寄こしな。さもねえと、こいつの喉を掻っ切るぜ」

「その手にゃ乗らねえ。匕首を引っこめろ」

伊八は伝蔵に伺いを立て、ようやく匕首を引っこめた。

「それでいい。廊下に立ってる侍に、おせいを渡せ」

「嫌なこった」

「それなら、お墨付きも渡せねえな」

忠兵衛は何をおもったか、懐中から煙管を取りだし、火口に火を点けた。

すぱっ、すぱっと紫煙を吐き、火口をお墨付きに近づける。

「素直に言うことを聞かねえと、灰にしちまうかんな」

「待て」

高麗屋が口を挟んだ。

「伊八、女を後ろの浪人に預けろ」

「よろしいんですかい」

小悪党は渋々ながらも応じ、おせいの身柄は又四郎に渡された。

それを目で確かめたうえで、忠兵衛は安村にお墨付きを手渡す。

安村は上座に近づき、高麗屋の面前で正座した。

「これはこれは、小納戸方の組頭さま。ご苦労なことですな」

「悪党め、ほれ、おぬしが欲しかったものじゃ」

「へへ、どうも」

高麗屋は安村に手渡されたお墨付きをひらき、さっと目を通す。

「たしかに、本物だ」

肥えた商人がうなずくのを合図に、びんずるの伝蔵が安村に襲いかかった。

「うわっ」

安村が脇差を抜く。

それよりも一瞬早く、伝蔵の匕首が安村の喉を裂いた。

びゅっと鮮血が飛び、高麗屋が後ろにひっくり返る。

「安村さま」

詮無いことと知りつつも、忠兵衛は必死に叫んだ。

素早く上座に迫り、畳に落ちたお墨付きを拾いあげる。

「この野郎」

襲いかかってきた伝蔵の胸を、どんと蹴りつけてやった。

「くわああ」

用心棒や破落戸どもが、廊下から躍りこんでくる。

又四郎はおせいを背負い、中庭に飛びおりていた。

それを目の端に留め、忠兵衛は手前の畳に匕首を刺す。

ふわっと、畳が持ちあがった。

これが盾となり、相手の勢いをふせぐ。

「ぬりゃっ」

ひとりの浪人が大上段に構え、畳をふたつに斬った。

忠兵衛はすかさず、別の畳に匕首を刺して持ちあげる。

巧みな畳返しで攻め手を阻み、何とか廊下へ転がりでた。

「逃がすな。膾斬りにしろ」

後ろで伝蔵が叫んでいる。

忠兵衛は斬りつけてきた浪人を蹴倒し、破落戸の顎を撲って昏倒させた。

はっとばかりに中庭へ飛びおり、猿のように庭を駈けぬける。

「こっちだ」

又四郎が裏木戸を開けて待っている。

忠兵衛は戸の隙間に飛びこみ、屋敷の外へ逃れた。

十

おせいを背負う又四郎ともども、夜の町をひた走った。

「又さん、でえじょうぶかい」

「ええ、軽すぎてかえって心配です」

おせいは又四郎の肩にしがみつき、じっと目を閉じている。

ともあれ、今は逃げるしかない。

追っ手の跫音は、背後に迫っていた。

浅草寺前の広小路を抜け、御門跡へ通じる参道の手前で右手へ曲がる。

右手に長々と連なる棟割長屋は、源吾の住む蛇骨長屋にほかならない。

「……お、おとっつぁん」

おせいは、力なくつぶやいた。

三人は蛇骨長屋へは寄らず、脇道をたどって北をめざし、浅草寺の寺領から離れて田圃道へ抜ける。

「又さん、ちょいと足をゆるめてもいいぜ。追っ手のやつらに見失ってもらっちゃ困るかんな」

鷲明神の横を駈けぬけ、飛不動も越えていく。

たどりついたさきは三之輪、川を挟んだ向こうに浄閑寺の杜がみえる。

――月水はやながし
と書かれた看板の下には、刺股を握った石清水玄庵が立っていた。

「こっちじゃ、早うせい」

三人は誘われ、建物のなかへ逃げこむ。

「ぬはは、よう逃げのびたな。おせいも無事でよかった」

再会を喜ぶ暇(ひま)はない。追っ手はすぐにやってくる。

「ふん、飛んで火に入る何とやらじゃ。こんどはこっちが罠を仕掛ける番だ」

玄庵はおせいを連れ、奥の部屋へ引っこんだ。

忠兵衛は、あらかじめ仕組んでおいた仕掛けを確かめる。

天井の太い梁には滑車が装着され、縄が渡されてあった。

高麗屋の拷問蔵(ごうもんぐら)にあったものと同じ仕掛けである。

「へへ、吊される苦痛を味わってもらうぜ」

「では、わたしはこれをお借りしましょう」

又四郎は土間に転がった刺股を手に取った。

「平屋は天井が高えから助かるぜ」

「まことに。ところで、柳さんは」

「ちょっくら遅れてくる」

「いつものことですね」

うなずきあったところへ、人の気配が迫った。

大勢の荒い息づかいも聞こえてくる。

「来やがったぜ」

ついでに、駕籠かきの鳴きも聞こえてきた。

「あん、ほう。あん、ほう」

高麗屋はどうやら、駕籠に揺られてきたらしい。

「からだが鈍(なま)って仕方ねえだろうにな」

忠兵衛と又四郎は、じっと息を殺して待った。

風音とともに、外から伝蔵の声が聞こえてくる。

「そこにいるのはわかってんだぜ。お墨付きとおせいを素直に渡せば、おめえらの命は助けてやる」

つかのまの沈黙が流れ、尋常ならざる殺気が建物を包みこんだ。

「野郎ども、踏みつぶせ」

「うわああ」

破落戸どもが肉薄し、表戸を蹴破った。

「それっ」

又四郎が刺股を突きだし、突入してきた男の喉を挟む。挟んだまま前進すると、破落戸どもの勢いは殺がれた。

喧嘩装束の半端者が十数人、ほかに腕の立ちそうな浪人者が何人か控えている。

高麗屋と伝蔵は後ろに控え、伊八は前のほうで破落戸どもの尻を叩いていた。

又四郎は刺股を頭上で旋回させ、掛かってくる相手にぶちかましていく。

「うひゃっ」

押しかえされた連中は腰を抜かし、ひとりも敷居の内へ踏みこめない。

忠兵衛は上がり端に仁王立ち、壊れた表戸の向こうを睨みつけている。

法仙寺駕籠のそばに立つ高麗屋と禿げ頭の伝蔵は、口惜しげに地団駄を踏んでいた。

「てめえら、何していやがる。たかが野良犬一匹に手こずりやがって」

伝蔵は焦れたように怒鳴り、かたわらの浪人どもをけしかける。

「先生方、お願えしやす。刺股を振りまわす金太郎みてえな野郎を、八つ裂きにしてくだせえ」

「任せておけ」

無精髭の浪人どもは刀を抜き、暴れまわる又四郎に近づいた。

そこへ、一陣の旋風が吹きぬける。

「うひゃっ」

浪人のひとりが、ひゅんと髷を飛ばされた。

さらに、ふたり目と三人目が峰打ちにされる。

――ちん。

細い目の侍が納刀し、首だけを捻りかえした。

左近である。

前触れもなく、駕籠に向かって駈けだす。

「ひぇっ」

高麗屋と伝蔵が浮き足立ち、看立所のほうへ逃げてくる。

「ふふ、来やがったな」

忠兵衛は舌舐めずりしてみせた。

左近の役割は、ふたりを建物の内へ追いたてることだ。

まんまと罠に嵌まった伝蔵が、敷居の内へ飛びこんでくる。

「ほれよ」

忠兵衛は、輪にした縄を頭のうえへ投げつけた。

「うわっ」

輪っかは伝蔵の肩に落ち、きゅっと首を締めあげる。

「きょっ」

禿げ頭は鶏（にわとり）のように目を丸くさせ、縄を外そうともがいた。

忠兵衛は土間に飛びおり、縄の反対端を握って入口へ駈けだす。

――からからから。

梁の滑車が勢いよく回転し、伝蔵は宙吊りになった。

「うげっ」

爪先（つまさき）が宙に浮く。

忠兵衛は、ぎりぎりのところで縄を止めた。

ばたつけばそれだけ、縄は首に食いこんでいく。

生死の狭間で必死に泳ぐ悪党の顔は、鬱血（うっけつ）していった。

わずかに遅れて、高麗屋が敷居の内へ倒れこんでくる。

「ぬへっ……で、伝蔵」

瀕死（ひんし）の伝蔵をみて、不格好な商人は腰を抜かした。

忠兵衛は何も言わず、肥えた商人の顔に拳を埋めこむ。

——ばこっ。

高麗屋は後ろ頭を土間に叩きつけ、ぴくりとも動かなくなった。

それと同時に、伝蔵も爪先を浮かせ、天井からだらりとぶらさがった。

「あとひとり」

鮫肌の伊八が又四郎に追いたてられ、最後に飛びこんでくる。

「ひぇっ」

伊八は屍骸となった高麗屋に躓き、上がり端に額を叩きつけた。

血だらけの顔で振りむいたところへ、又四郎の刺股が襲いかかる。

「それっ」

うえから首を抑えこまれ、伊八は手足をじたばたさせた。

「まるで、網に掛かった虫けらだな」

ちょうどそこへ、玄庵がおせいを連れてやってくる。

忠兵衛は振りむき、静かな口調で喋りかけた。

「おせいよ、おめえだけじゃねえ。あの野郎は今まで、大勢の女たちを誑かし、みじめなおもいをさせてきた。なかにゃ、死んじまった者もいる。供養もされず、襤褸布のように川へ捨てられた女たちのことさ。おめえだって、わかっているはずだぜ。あいつを生かしておいたら、世のためにならねえってことをな。息の根を止めたけりゃ、これを使え」

おせいは手渡された匕首を握り、伊八にゆっくり近づいていった。

「……や、やめろ。やめてくれ」

騒ぎたてる伊八の顔を、忠兵衛が草履の裏で踏みつける。

「てめえが死んでも、女たちの恨みは残る。でもな、死ななきゃ浮かばれねえ女たちも大勢いるんだ」

おせいは唇を噛み、くずれおちるように膝をついた。

匕首を逆手に持ちかえ、伊八のうえに覆いかぶさる。

「あひぇ……っ」

振りおろされた白刃は、ものの見事に小悪党の心ノ臓を刺しぬいていた。

十一

二日後の夜、忠兵衛は安村藤兵衛の通夜に参じて焼香したあと、郡司平右衛門に呼ばれて対馬藩の上屋敷から外へ出た。

郡司は安村に代わり、組頭に昇進することが内定している。

そのせいか、悲しい素振りもみせなかった。

三味線堀の縁まで連れていかれ、郡司はまわりに人気のないことを確かめると、ようやく口をひらいた。

「今宵、勘定奉行の望月外記は、新たな御用商人主催の宴席で浅草に向かった。あと半刻もせぬうちに、上屋敷へ戻ってくるに相違ない」

「わかっておりやすよ。このさきの道で待ちぶせしてりゃよろしいんでしょう」

「横目付の松井田半兵衛もおるぞ。申しわたしておったとおり、松井田は愛洲陰流の練達ゆえ、心して掛からねばならぬ」

「左近の旦那なら、よもや、負けることはねえでしょうよ」

「わしもこの目で柳左近の太刀筋をみた。雲弘流、音無しの剣と申したな」

「ええ、幕初最強と謳われた針ヶ谷夕雲の流れを汲む流派にござんすよ」

「されど、万が一のこともあろう。そちらが失敗ったときは、およばずながら、わしがやらねばならぬ」

「ほう、心強いことで」

「それゆえな、わしは物陰に隠れ、おぬしらの首尾を見届けさせてもらう」

「どうぞ、ご随意に。考えてみりゃ、安村さまもそいつらに殺められたようなもんだ。あっしらがきっちり、仇を討ってさしあげやすよ」

郡司は去り、物陰にすがたを隠した。

向柳原の大路へ戻ると、ひょろ長い人影が立っている。

左近だ。

忠兵衛は会釈をおくり、そのまま、道端の草叢に身を隠した。

藪蚊が耳許でぶんぶん騒いでいる。

首筋をぺしっと叩いたところへ、駕籠かきの鳴きが聞こえてきた。

「あん、ほう。あん、ほう」

奥の暗がりに、ぽっと提灯が点る。

道の反対側をみると、左近の影は消えていた。

やがて、権門駕籠がはっきりとみえてくる。

提灯を持った従者はひとり、面灯りに照らされた顔は松井田半兵衛のものにまちがいない。

忠兵衛は息を詰め、松井田と権門駕籠をやり過ごす。

「あん、ほう。あん、ほう」

数間進んださきで、駕籠かきは足を止めた。

「おのれ、何者じゃ」

吼える松井田の肩越しに、左近の影がみえる。

ふたりが同時に刀を抜くや、駕籠かきどもが逃げてきた。

権門駕籠の垂れが捲れ、絹の着物を纏った重臣が顔を出す。

望月外記だ。

「松井田、とっとと片付けよ」

「はっ」

勝ちを疑っていないのか、望月は余裕綽々の風情でいる。

空を仰げば群雲の狭間から、大きな月が顔を覗かせていた。

「わしの力量を知らぬのか」

松井田は青眼から大上段に構えなおし、ぴたりと動きを止める。

対する左近は地擦りの青眼に切っ先を落とし、こちらも動きを止めた。

黙然と対峙しただけで、おたがいの力量はわかる。

松井田は慎重になった。

下手に斬りこめば、即座に殺られると察したのだ。

たがいに一足一刀の間を探りつつ、相手の隙を見いだしかねている。
息継ぎすらも聞こえず、耐えがたいほどの沈黙が流れた。
達人同士の勝負は、わずかな心の動揺に左右される。
「松井田、何をしておる」
と、望月が後ろから怒鳴りつけた。
松井田の切っ先が、微かにぶれる。
刹那、左近の一刀が闇を裂いた。
「ぐほっ」
一刀一殺、音無しの中段突き。
喉仏に刺しこまれた刃が、首の後ろへ突きだす。
刃を引きぬくと同時に、月を濡らすほどの夥しい鮮血がほとばしった。
左近は返り血をかいくぐり、見事な手並みで納刀する。
松井田のからだが、どさっと地に落ちた。
「ひぇっ」
駕籠のなかから、望月外記が転げだす。
地べたを這うように逃げるさきに、忠兵衛が立っていた。

「残念だったな。ここが袋小路のどんつきだ」

「……み、見逃してくれ」

「そうは烏賊のきんたま」

忠兵衛の振りおろした匕首が、ぐさっと背中に刺さる。

望月は虫のように手足をばたつかせ、やがて、力尽きてしまった。

道の前後から、捕り方装束の連中が押しよせてきた。

陣頭に立って指揮を執るのは、郡司平右衛門である。

後ろに控える陣笠をかぶった人物は、人参奉行の磯山主水之丞にほかならない。

「それ、あのふたりを搦めとれい」

郡司が叫んだ。

大勢の捕り方が、駕籠のまわりへ殺到する。

「待ちやがれ」

忠兵衛が一喝した。

「こいつはどういうわけだ」

「問答無用じゃ」

郡司がこたえる。

「うぬらは、わが藩の重臣を殺めた。そのおこないは、厳罰に値する」

「なるほど、邪魔者の退治が終わったら、口封じってわけか。この三文芝居の裏切りは、いってえどいつの発案なんだ」

「わしだ。この郡司平右衛門が御奉行にお願いした。藩のため、後顧の憂いを残すべからずとな」

「ふん、そうかい。だったら、おめえは侍じゃねえ。平気で人を裏切るやつを何て呼ぶか知ってるか。外道だよ。へへ、おめえは外道だ」

「黙れ」

「いいや、黙らねえ。ほかの連中にも言っとくぜ。郡司平右衛門の盾になるやつは、容赦しねえ。死にたくなけりゃ、脇へ退け」

忠兵衛は土を蹴り、脇目も振らずに駆けだす。

左近も露払いよろしく、前面に躍りだした。

「うおおお」

捕り方たちが一斉に刀を抜き、白刃の林が立ちあがる。

だが、左近の敵ではない。

前面の盾が総くずれになると、行く手にぽっかり穴があいた。

忠兵衛はすかさず穴に身を投じ、疾風となって駈けぬける。

道のさきには、出世を遂げたばかりの小役人が佇んでいた。

「死にさらせ」

「ひぇええ」

忠兵衛の匕首が光り、裏切り者の喉首をぱっくり裂いた。

三日月の形にひらく裂け目から、鮮血が紐となってほとばしる。

返り血を浴びた忠兵衛は、四肢を震わす陣笠の人参奉行を睨みつけた。

「おめえさんは、でえじなことを忘れている。そいつはな、安村さまが命懸けで守ろうとしたものだ。何だか、わかるかい」

地の底から響くような声で言い、懐中から勘定奉行のお墨付きを取りだした。

「それはな、忠義だ。安村さまは、藩を必死に守ろうとしなさった。おめえさんはちがう。出世しか頭にねえ下っ端の口車に乗り、人参奉行の立場を守ろうとした。小せえとおもわねえか」

磯山主水之丞はがっくりうなだれ、その場に両膝をついた。

もはや、斬りつけてくる配下はいない。

忠兵衛は襟を正し、のんびり歩みよる。

「このお墨付きは、おれが預かっておくぜ。万が一にも妙な気を起こしたら、おめえさんだけじゃねえ。対馬藩十万石は、水泡と消えちまうことになる。今、おめえさんがやらなきゃならねえのは、臭えものに蓋をすることなんかじゃねえ。おめえさんの下で忠義を尽くした安村さまを、きちんと弔ってやることだ。わかったかい」

「……わ、わかった」

頭を垂れる人参奉行の脇を擦りぬけ、ふたつの影が遠ざかっていく。

命じられて参じただけの捕り方のなかで、忠兵衛の正体を知る者はいない。

――うおおん。

暗澹とした大路に、血の臭いを嗅ぎつけた山狗の遠吠えが響きわたった。

十二

陽の当たる土手の斜面に、女郎花が咲いている。

「女郎花はの、捨てられた者に寄りそうて咲くのじゃ」

と、教えてくれたのは、名もなき物乞いの願人坊主だ。

おせいは音無川の土手で淡い黄金色の花を摘み、石清水玄庵の看立所に飾った。

おかげで血腥さの残る薄暗い部屋が、少しは明るくなった。

おせいは落ちつくまでのあいだ、玄庵の看立所を手伝うのだという。

それは本人の申しでたことだが、小汚い中条医の望むことでもあった。

忠兵衛もそれがよいとおもっている。

五日ぶりに訪ねたのは、おぶんに背中を押されたからだ。

「一刻も早く逢わせてあげなくちゃ」

身重のおぶんは、そう言った。

自分も父親を失っているだけに、おせいの気持ちがよくわかるのだという。

忠兵衛の後ろには、源吾が控えていた。

おずおずとしており、まともに目をあげられない。

蛇骨長屋からの道々、何度となく踵を返そうとした。

そのたびに、忠兵衛は粘り強く励ましてやった。

「親父さん、改心する証拠を持ってきたんだろう」

「ああ、持ってきた」

「だったら、そいつをみせてやんな。娘に拒まれたら、それまでじゃねえか。あきらめもつくってもんだ」

「ああ、おめえさんの言うとおりだ」

「よし、行くぜ」

「待ってくれ」

「何だよ」

「……お、おせいは、おれに逢いてえんだろうか。自分を売っちまった親を恨んではずはねえ」

すでに何度も聞いた台詞だ。

忠兵衛はこたえず、源吾の後ろにまわって背中を押した。

「ほら、逢ってこい」

勝手口ではなしに表口の敷居をまたぐと、玄庵とおせいが同時に振りむいた。

「……お、おとっつぁん」

娘の発したひとことで、源吾は感極まってしまう。

「……お、おれを、まだ、そう呼んでくれんのか」

汚れた袖口で顔を覆い、小便垂れの小僧のように泣きだす。

おせいも泣きながら、上がり端から下りてきた。

源吾の肩を抱き、板の間に座らせる。

「おとっつぁん、来てくれてありがとう。逢いたかったんだよ」

「……ほ、ほんとうか。おれを恨んじゃいねえのか」

「恨んでなんかいるもんか。右手の調子はどうなんだい」

「ああ、わるくねえ。近頃はな、左手で鏝を握ることもできるんだぜ」

「まあ」

おせいは驚き、ふたたび目に涙をためる。

「やっと、その気になってくれたんだね」

「あたりめえさ。改心すると決めたんだ。その証拠に、おめえにみせてえもんがある」

そう言って、源吾は懐中から油紙を取りだした。

油紙を外し、大きな白い紙を板の間にひろげる。

「おっ」

忠兵衛も玄庵も、おもわず声をあげた。

紙には、極彩色(ごくさいしき)の天女(てんにょ)が描かれている。

天女は赤ん坊を抱き、今にも天に昇っていくところだった。

「鏝絵にする下絵さ。鬼子母神が天女になったところでな、お世話になったこちらの裏壁にでも描かせてもらえりゃ本望だ」

「ほう、それはありがたい」

と、玄庵が喜ぶ。

「裏壁と言わず、正面の壁に堂々と描いてもらおう」

「よろしいんですかい」

「ああ、頼む。ただし、手間賃は安くしてもらうぞ」

「心配えにゃおよばねえ。手間賃なんぞ、いただく気はありやせんよ」

おせいはふたりの掛けあいを聞きながら、なぜか、もじもじしはじめた。

源吾に言いたいことがあるのに、言いだせずにいるのだ。

玄庵がそれに気づき、助け船を出してやる。

「なるほど、さすが父親だな。以心伝心で、ようわかっておる」

源吾は首をかしげた。

「以心伝心って、何のことだい」

「よし、説いてつかわそう。鏝絵の天女は、娘のおせいにちがいあるまい。な、そうであろう」

「仰るとおりで」

「おぬし、天女のおせいに子を抱かせたな」

「へい、でも、それがどうしたので」

「娘に聞いてみろ」

「えっ」

源吾は目を丸くさせ、口をぽかんと開ける。

おせいが涙目で、にっこり笑いかけた。

「お腹にね、赤ん坊がいるんだよ」

「……ほ、ほんとうか」

「うん」

「ありがてえ」

「父無し子だけど、いいのかい」

「いいもわるいもねえ。おれにとっちゃ、でえじな孫じゃねえか」

源吾は蹲り、下絵の天女に両手を合わせる。

忠兵衛の目からも、嬉し涙が零れてきた。

たとい、理不尽な出来事に遭遇しても、自分を待っている誰かさえいれば、人は何度でも再生できる。

やりなおそうとおもえば、希望を育むことができる。

おせいの身に宿る子は、希望の光にほかならない。

雨宿りの女を救ったことで、自分の気持ちも救われたような気がする。

「情けは人のためならず、か」

泣きながら抱きあう父娘をみつめ、忠兵衛はそっとつぶやいた。

殺しの代償

一

葉月九日、市中に吹きあれた野分は去った。

朝から汗ばむほどの陽気に恵まれ、武家の垣根から覗く底紅の木槿も生きかえったかのようだ。迷路のごとく入りくんだ番町の五番町と裏二番町を結ぶ五味坂の中腹に、野次馬の人垣ができている。

道端には筵が敷かれ、膾に斬られた無残な屍骸が横たわっていた。

「侍えか」

忠兵衛は人垣の前面に立ち、口をへの字に曲げたほとけの顔を拝んだ。

「ひでえ死にざまだぜ」

渋い顔で吐きすてるのは、小銀杏髷の吟味方同心である。

名は牛尾弁之進、仏胴斬りの異名を持つ柳生新陰流の達人らしいが、市井の連中からは「牛弁」と呼ばれ、毛嫌いされている。何せ、悪党を捕まえるよりも袖の下を集めるのに懸命で、それが自分の役目だとおもっており、意のままにならぬ者には何やかやと嫌がらせをする。

忠兵衛も、胸の裡ではいつも舌打ちしていた。

しかも、牛弁が顎で使う岡っ引きがまた、毒水に浸った小悪党ときている。

「辰吉よ、ほとけをみつけた野郎はどいつだ。ここに連れてこい」

「へい」

牛弁に呼ばれて返事をしたのは、黒門町の蝮野郎だ。

鼻の下の黒子を撫でつつ、小柄な若侍を連れてくる。

牛弁が眉間に皺を寄せた。

「どこかでみた面だな」

すかさず、蝮の辰吉が応じる。

「妻恋店で手習いの師匠をやってる浪人でやんすよ」

「おう、そうだ。忠兵衛んとこで見掛けたな。雲州出の田舎侍で、名はたしか」

「琴引又四郎」

と、脇から忠兵衛がこたえてやった。

「ふん、口入屋め、来ていやがったのか」

「お呼びになったのは、牛尾さまでごぜえやすよ。うちの小先生が散歩の途中で番町に迷いこみ、朝靄の切れ間に妙なもんをめっけちまったと聞いたもんでね。取るものも取りあえず飛んできたら、このざまだ。朝っぱらから、みたくもねえもんをみせられちまった」

「そいつは、こっちの台詞だろうが。ほとけが斬られたのは、昨晩にちげえねえ。琴引さんとやら、昨日の夕方から夜中にかけて、どこにいた」

「おっと、うちの小先生をお疑いで」

忠兵衛が口を尖らすと、牛弁はふんと鼻を鳴らす。

「最初にほとけをみつけた者を疑うのは、おれたち吟味方の癖でな。そちらの小先生とやらは、ちょいとめえまで刀を封印していたはずだ。おれさまの目はごまかせねえ。笹蟹の透かし鍔と鞘の栗形を、紙縒でしっかり結んでいた。そいつがどうだ、今は紙縒がねえ。いつだって、抜けるってことじゃねえか。いいや、おれさまの知らねえところで、もう抜いちまったのかもな」

牛弁にぐっと睨まれ、又四郎は目を逸らす。

忠兵衛が如才なく、はなしを引きとった。

「牛尾さま、そのほとけ、前田さまのご家中かもしれやせんぜ」

「ん、どうしてわかる」

「ちらりと、見掛けたことがござんしてね。ほら、前田さまの御屋敷は坂下の御濠端にござんしょう」

「七日市藩か」

「ええ、そうでやんすよ。加賀百万石のご本家に頭があがらねえ、上野国一万石の外様大名にござんす。手前みてえな口入屋にゃ、ぴったしの客筋でしてね。節季の終わりにゃ、ご挨拶に伺っておりやすもんで」

「ふうん、そうかい。で、誰なんだ」

「名まではちょっと。馬廻り役か何かだったような気はいたしやすがね」

「ま、調べりゃすぐにわかることだ」

牛弁は裾を捲って屈み、面倒臭そうに検屍をはじめる。

十手の先端で着物の襟元を除け、深々と溜息を吐いた。

「辰吉、こいつをみろ」

「へい、ただいま」

お調子者の岡っ引きは覗きこみ、月代をぺんと叩く。

「あちゃ、また『仏』の刻み文字でやんすか」

「ああ、これで三人目だな」

忠兵衛は、ふたりのあいだに割ってはいった。

覗いてみると、なるほど、ほとけの胸に刃物で皮膚を裂いた痕跡がある。

辰吉の言うとおり、それは『仏』という字にみえた。

「牛尾さま、何でやすかね、そいつは」

「下手人がな、これみよがしに刻んだものさ」

傷跡の周囲が黒ずんだように変色していた。ということは、生きているうちに刻まれたものと考えられる。

忠兵衛は好奇の心を擽られ、牛弁にかさねて問うた。

「さっき、三人目と仰いやしたね。そいつはいってえ、どういった事情なので」

「ひとり目は水無月八日の夜、桜田御門外の御濠端でみつかった。そばに上屋敷のある播磨三草藩の勤番侍だ」

ふたり目の惨殺死体は、ひと月のちの文月八日の夜、溜池端の榎坂下でみつかった。ほとけになった侍は、こちらも遺体のみつかった榎坂下にほど近い常陸牛久藩の藩士だった。

「そして、上野七日市藩の藩士とおぼしき者が、こうして殺められた。死んだのは小藩の勤番侍ばかりだが、侍殺しがこうもつづけば、町奉行所が神輿をあげねえわけにもいくめえ」

「三人とも、胸に『仏』の字が刻まれてあったんでやすかい」

「ああ」

「月の八日に殺められておりやすね」

「言われてみりゃ、そうだな」

「胸の傷と日付のほかに何か、三人に繋がりはねえので」

たたみかけると、牛弁の顔が途端に曇った。

「忠兵衛、てめえ、捕り方気取りか」

「い、いいえ、そういうわけじゃ」

「なら、余計な詮索は無用だ。てめえみてえな、しがねえ口入屋にああだこうだと言われても、はなしがこんぐらかるだけだかんな」

「そりゃもう、重々承知しておりやすよ。じゃ、あっしらはこれでお暇させていただきやす」

忠兵衛は腰を持ちあげ、屍骸を囲む野次馬をざっとみまわした。

ひょっとしたら、下手人が紛れているかもしれないとおもったのだ。

町人もいれば、浪人もいる。怪しいとおもってみれば、誰もが怪しい。

「おや」

ひとりの人物に目を留めた。

髪が真っ白で品のよさそうな商家の旦那だ。

左頬に椎の実大の痣がある。

なぜかひとりだけ、眸子を潤ませていた。

忠兵衛が勝手にそう感じただけかもしれない。

商人は背中を向け、ひとりで五味坂を上っていく。

どことなく淋しげな、人生の重荷を背負いこんでもいるかのような後ろ姿だ。

又四郎が後ろから肩を並べてきた。

「忠兵衛どの、妙なことに巻きこんで申し訳ない」

ぺこりと、頭を垂れる。

「これも何かの因縁さ」

忠兵衛は、笑いながら応じてやった。

「あのほとけ、ひょっとすると、おめえさんにみつけてもらいたかったのかもしれねえぜ」

「やめてくださいよ」

「恐えのかい。化けて出られんのが」

「ま、まさか」

恐がる又四郎をからかいながら、忠兵衛も重い足取りで五味坂を上りはじめた。

二

七日後、十六日。

わずかに欠けた月が、夜の静寂にいざよっている。

番町の五味坂でみた屍骸のことは、もうすっかり忘れていた。

おぶんと河原で仲秋の名月を眺めた余韻に浸りつつ、伊丹産の下り酒を味わい、締めは初鮭とはらごの親子丼に舌鼓を打つ。

箸を措いたところへ、だぼ鯊こと長岡玄蕃がやってきた。

「これはこれは、長岡さま。こんな遅くにどうかなされましたか」

だぼ鯊は返事もせずに草履を脱いで板の間にあがり、すたすた奥の仏間へ向かう。

いつものように仏壇に線香をあげ、亡くなったおぶんの父親の霊を弔った。

「わざわざ、ありがとう存じます」

おぶんが頭を下げると、だぼ鯊は柄にもなく相好をくずす。

「木場を治めていた重蔵には、ずいぶん世話になったからな。線香の一本でもあげてやらねば気が済まぬのさ。それより、何やら、ふっくらしてきおったな。丸太回しの得意な娘も、いよいよ、おっかさんになるか」

「まだ早うござんすよ」

「なあに、五つ月なんぞはあっというまさ。せいぜい、精のつくものでも食べておくことだ」

何やかやと気を遣うだぼ鯊を、忠兵衛は不思議そうにみつめる。

仏間から部屋を移し、おぶんが酒肴を置いて席を外すと、だぼ鯊は盃に口もつけずに膝を寄せてきた。

「忠兵衛、おめえに頼みてえことがある」

嫌な予感がする。

「あらたまって、何でござえやしょう」

「念仏小僧を捜してくれぬか」

「えっ、そいつはまた、どういった風の吹きまわしで」

念仏小僧とはここ数年、関八州を荒らしまわっている盗人一味のことだ。

商家の金蔵を破るだけではなく、家人や使用人を殺めることでも知られていた。じつを言えば、それは公儀の捏造で、巷間の一部では「ひとりも殺めていない」という噂もあるが、忠兵衛の知ったことではない。

「許せぬ悪党どもさ」

だぼ鯊は目の敵にしているものの、いまだ一味に繫がる端緒すら摑んでいないようだった。

「むかし取った杵柄と申すではないか。連中の足取りを追うことができるのは、わしが知るかぎり、おぬししかおらぬ」

「ご冗談を。あっしはもう、盗人稼業から足を洗ったんですぜ」

「足を洗わせてやったのは誰だ。わしがおらなんだら、おぬしはこの世におらぬ。可愛い嫁さんを貰うこともなかっただろうし、ましてや、子を授かることとなんぞあり得なかった」

忠兵衛には、おぶんも知らない過去がある。むかし、仙次という腕利きの錠前破りとともに、江戸じゅうの金蔵を荒らしまわっていた。

仙次は三つ年下の無口な男で、知りあったのは大坂だった。江戸へ出てきて、阿漕な商売でぼろ儲けしている商家だけに狙いを定め、ふたりで十年近くも盗み働きを繰りかえした。

ところが、今から七年前、弟分の仙次がどじを踏んで捕まった。おつやという巾着切の女に手を出し、貢がされたあげく、捕吏に売られたのだ。仙次は大番屋送りとなり、厳しい責め苦を受けた。そして、忠兵衛にたいして、女と同じことをやった。自分が助かりたいばっかりに、盗んだ金の在処を知る忠兵衛を役人に売ったのだ。

「おぬしは弟分の仙次を救うために、自分から捕まった」

ただし、仙次を解きはなつのと交換に貯えた隠し金の在処を喋りはしたものの、盗みの詳細についてはいっさい白状しなかった。

「笞打ちに石抱きに海老責め、仕舞いにゃ吊り責めもためしてみたが、おぬしはだんまりを決めこんだ。それどころか、悪徳商人の金を盗んで何が悪いとほざきやがった。なるほど、おぬしらは義賊を気取り、盗んだ金のほとんどを貧乏長屋にばらまいておった。ついた綽名が『世直し小僧』だ。ふん、何が世直しなものか。たかが盗人だろうと、最初は高をくくっていた。されど、責め苦を与えるうちに、わしは考えをあらためた。盗人のくせに、おぬしはやたらにまっすぐで、性根が据わっておった。この男なら、世の中を変えられるかもしれぬと、勘がはたらいたのさ。白洲に引きだされ、打ち首獄門の沙汰を受けても、おぬしは平然としておった。わしは一命を賭して、御奉行に願いでた。おぬしの命を預けてほしいとな」

だぼ鯊の長いはなしを聞きながら、忠兵衛は耐えがたい苦痛を感じていた。

七年前に死んでおけば、秘密を抱えて生きていくこともなかったのだ。

裏切った仙次のことも、今さらおもいだしたくない。

生きているかどうかもわからぬし、捜すつもりもなかった。

「この七年、おぬしはよくやった。されどな、むかしの過ちが償えたとおもったら、おおまちがいだぞ。命を助けてやるのと交換に、おぬしに言ったことばを忘れたのか。公儀の密偵になる以上、わしの依頼はけっして断るな」

「おことばではござんすが、あっしは密偵になったつもりはねえ。お上の密偵になるくれえなら素首を斬ってほしいと、何度もお願いしやしたよね。その気持ちは今だって、少しも変わっちゃおりやせん」

「可愛い女房がおってもか」

「ええ」

三白眼で睨みつけてやると、だぼ鯊は乾いた唇もとを舐めた。

「まあ、注げ」

ぶっきらぼうに吐きすて、盃を差しだす。

注いでやると、すっと盃を干し、表情も変えずに言った。

「念仏小僧の頭目はふざけたやつでな、村正と名乗っておる。徳川家に災いをもたらす妖刀と同じ名さ。素顔をみた者はおらぬ。一味が何人かもわからぬのだ」

だぼ鯊によれば、一味のやり口は一風変わっていた。家人や奉公人が眠っているところを襲って金蔵の鍵を奪い、みなごろしにするのではなく、跫音も起てずに忍びこみ、金蔵の錠前は自分たちで破り、不運にもお宝を盗むところに出くわした者だけを殺めるのだ。

「殺めちゃいねえっていう噂もありやすがね」

「世間の噂なぞ信じるな。公儀の申すことが正しいのだ」

「ええ、そうでしょうとも」

皮肉を吐いても、だぼ鯊は聞かぬふりをする。

「水無月と文月にも、やつらの仕業とおぼしき盗みがあった。ところが、今までとちがって、盗みにはいったさきが商家ではない。水無月は高家の隠し蔵が破られて二千両ばかり盗まれ、文月は奥医師がせっせと貯めこんだ三千両を盗まれた」

高家のほうは知らなかったが、麹町にある奥医師の身に降りかかった禍事は、忠兵衛も小耳に挟んでいる。奥医師は注意を怠ったとして罪に問われ、千代田城から追いだされた。

「長岡さま、そのふたつが念仏小僧の仕業だと、どうしてわかったので」

「これみよがしに痕跡を残しておくからだ」

「痕跡」

「大黒柱に『仏』の字を刻んでいく。皮肉なものさ。仏心の欠片もない連中が、仏の一字を残していくのだからな」

だぼ鯊のはなしを聞きながら、忠兵衛は陰惨な屍骸の胸に刻まれた『仏』の字をおもいだしていた。

もちろん、念仏小僧の盗みと侍殺しがどう結びつくのか、今のところはまったく想像のしようもない。

だぼ鯊は知ってか知らずか、こちらの反応を窺いながら酒を舐めている。

余計なことは言うまいと、忠兵衛は口を噤んだ。

下手に喋れば、深みにはまりかねない。

だぼ鯊の依頼を断ることは無理でも、適当に流すことはできる。

だいいち、よほど性根を入れて掛からねば、念仏小僧ほどの大物を捜しだせるはずはなかった。

「おぬしにやる気が無いことくらい、わかっておるわ。報酬を積んだところで、動かぬこともな。されど、おぬしは動かざるを得ぬ。なぜだか、わかるか」

「いいえ」

「仙次だよ」

「えっ」

「金蔵の錠前を破る手口がな、おぬしの相棒がやった手口にそっくりなのさ」

「……ま、まさか」

確証はない。あくまでも、勘だと言う。

「されど、あれほどの錠前破りができる盗人を、わしは仙次以外に知らぬ」

心ノ臓が、ばくばくしてきた。

忠兵衛は、ことばを発することもできない。

「ひょっとすると、わしらは過去の亡霊を追いかけているのかもな。亡霊の尻尾を摑まぬかぎり、忘れたい過去とも決別できぬ。そうはおもわぬか。えっ、忠兵衛よ」

だぼ鯊の声が小さくなり、やがて、聞こえなくなった。

酌を求められても、忠兵衛は注ぐことすら忘れていた。

三

翌日から、忠兵衛は何かに憑かれたように動きはじめた。

動けば動くほど胸苦しくなるのは、だぼ鯊が言ったとおり、過去の亡霊にさいなまれているからだ。

「仙次、てめえってやつは」

錠前破りの腕は一流だが、虫も殺せぬような臆病者だった。

仙次が捕まったと知り、忠兵衛は右腕をもがれたような苦痛を味わったのだ。

自分の命と引き換えに生きのびてほしいというよりも、死ぬほど辛い責め苦から解放してやりたい気持ちのほうが大きかった。今でも、仙次を恨んではいない。恨みを抱くとすれば、仙次を騙した女掏摸のほうだが、おつやという女の顔は知らず、どうなったのかも聞かされていなかった。

だぼ鯊によれば、念仏小僧は殺しも厭わぬ盗人だという。

仙次が一味に関わっているとおもいたくはないし、ましてや、頭目の「村正」であるはずはないと信じている。

だが、ときの流れは人を変えることも知っていた。

生きのびた仙次が盗人稼業をつづけるなかで、兇悪な性質を身につけていったとしても不思議ではない。

ともあれ、念仏小僧の尻尾を摑むことが先決だった。

そのためには、一連の侍殺しとの関わりを調べてみる必要がある。

忠兵衛は帳尻屋の仲間たちに声を掛け、江戸の四方に走らせた。

そして夕刻、浜町河岸にある戸隠甚斎の看立所へ足を運んだ。

仙次のことや過去の因縁を知っているのは、口中医の甚斎と柳左近だけだ。左近は、だぼ鯊との関わりが深い。

甚斎のもとへは、左近のほかに、何も知らぬ又四郎もあらわれた。番町の五味坂で侍の屍骸をみつけて以来、寝付きのわるい夜がつづいているのだ。

四人は車座になり、松茸の焙烙焼きを囲んでいる。

手際よく調理したのは、料理にうるさい甚斎だった。

大きな土鍋に焼いた石を敷きつめ、具材の松茸や車海老などを置いて蓋をする。

松茸は傘を包丁で十字に割り、さっと塩を振るだけだ。

蓋を開けた途端、香りがふわっと立ちのぼる。

橙の汁を搾れば、じゅっと石が音を起てた。

その音を聞きながら、熱々の松茸を指で裂いて食う。

「美味い」

寡黙な左近ですら、目尻を垂らした。

膳にはほかに、しめ鯖や鯊の甘露煮もある。

これが上等な酒ではなく、安酒によく合った。

ことに、しめ鯖は脂の乗り具合が絶品で、舌のうえでとろけてしまう。

一合上戸の又四郎も、しめ鯖のおかげで酒がすすみ、顔を茹でた海老のように赤くさせた。

「只で食わせるわけにゃいかねえ。あとで呑み食い代をいただくぜ」

甚斎は鼻白む台詞を吐いたが、みなの喜ぶ顔をみて芯から嬉しそうだ。

集まるさきを看立所にしたのは、言うまでもなく、美味い夕餉をあてこんでのことだった。

四人はしばらく目途も忘れ、腹を満たすことに専念した。

「いや、はは、満腹満腹。もう、このとおりにござります」

又四郎は狸のように腹鼓を打ち、いきなり、はなしの核心にはいる。

「忠兵衛どの、斬られた侍三人の素性はわかりましたか」

「ああ、わかった」

忠兵衛は楊枝で歯をせせり、よどみなく説いてやる。

「ひとり目は播磨三草藩丹羽家の番士で大野弥兵衛。ふたり目は常陸牛久藩山口家の近習で中里威一郎。そして、おめえさんがみつけた三人目が、上野七日市藩前田家の馬廻り役で坂口伊織」

ひとり目の大野とふたり目の中里も、胸に『仏』の傷跡が見受けられた。しかも、先々月の水無月からはじまって、三人とも月の八日に殺められている。

又四郎が真っ赤な顔で問うてきた。

「屍骸の胸に刻まれた『仏』の字、念仏小僧が盗みにはいったさきの大黒柱にも刻まれていたそうですね」

「だぼ鯊に頼んで、柱に残った字の拓本をみせてもらった。ありゃ、同じ字だな」

「すると、やはり、念仏小僧の一味が三人の侍を殺めたということになりましょうか」

「ああ、そうだな」

三人とも、生きているうちに『仏』の字を刻まれていた。

「又さん、どういうことか、わかるかい。殺めるほうが相当な恨みを抱えていたってことさ」

「意趣返しだと」

「さあな。三人は藩もばらばらだし、殺められた場所もちがう」

一万石の小大名に仕える若い勤番侍ということ以外、今のところ共通するものはみつかっていない。

「一万石の小大名ですか。たしかに、言われてみればそうだな。三草藩も牛久藩も七日市藩も、国許に陣屋しかない小大名だ」

又四郎が思案顔で黙ると、甚斎が口をひらいた。

「おれは念仏小僧のほうを当たってみた。なるほど、一味のやり口は完璧だ。ここ数年だけでも関八州で十指に余る金蔵を破っておきながら、けっして、捕り方に尻尾を摑ませてねえ」

忠兵衛が尋ねた。

「先月は奥医師の貯めた三千両、先々月は高家の隠し蔵にあった二千両、それより以前に盗みにはいったさきは、どこも商家なんだろう」

「そうさ。金貸しもあれば、米問屋や薬種問屋もあった。上野、下総、相模と、出没したさきは関八州にまたがっている。たいていの店は金蔵を荒らされたあと、商売をたたんじまってな。根こそぎやられちまうから、商売をつづけられねえのさ。そいつが念仏小僧のやり口だ。ところがな、盗みにはいられたあと、商売をつづけている商家がひとつだけあった」

「ほう、そいつはどこだ」

「駿河屋伊右衛門、麴町七丁目の呉服屋さ」

忠兵衛は不思議そうな顔をする。

「老舗じゃねえか。駿河屋が凶事に見舞われたってはなしは初耳だぜ」

「あたりめえだ。こいつは外に出てねえはなしさ。虫歯を抜いてやった縁で、たまさか駿河屋の手代を知っていたのよ。盗みに遭った店は信用がなくなるってんで、主人の伊右衛門が奉公人に箝口令を敷いたらしい。金蔵からお宝のほとんどが盗まれたうえに、手代は大黒柱に刻まれた『仏』の字もみている。さいわい、殺められた者はいなかったらしくてな、お上に届けも出していねえ。だから、だぼ鯊も駿河屋のことは知らねえはずさ」

「ふうん、そそられるはなしだな」

「忠の字よ、おもしれえのは、こっからさきだ。駿河屋が念仏小僧に狙われたのは、ほんの三月前の皐月でな。何日だとおもう、八日だぜ」

「えっ」

「ふふ、驚いたか。三人の侍が葬られたのと同じ八日なのさ。これが偶然なら、逆立ちして堀川を渡ってやるぜ」

又四郎が焙烙鍋の石を何個か摘まみ、板の間に置いていった。

「少し整理させてください。先々月の水無月八日、三草藩の大野某が桜田門外の濠端で斬られた。その数日後、高家の隠し蔵から二千両が盗まれた。そして、先月の文月八日、牛久藩の中里某が溜池端の榎坂下で斬られた。その数日後、奥医師の貯めた三千両が盗まれた。そして、今月の葉月八日、七日市藩の坂口某が番町の五味坂で斬られた。これで、念仏小僧の関わった石は五つ並んだことになります」

すかさず、甚斎が別の石を置いた。

「ひょっとすると、六つ目があるかもってことか。殺し、盗み、殺し、盗み、殺しとくれば、つぎは盗みだな」

「近いうちに、どこかが狙われるかもしれませんよ」

忠兵衛も手を伸ばし、まだ温かい石をひとつ摘まむ。

そして、六つ並んだ石の手前に置いた。

「ひとり目の大野某が斬られたひと月めえに、駿河屋は念仏小僧に盗みにはいられた。金蔵のお宝をごっそり奪われたにもかかわらず、それをお上に届けもせずに商売をつづけている。こいつはどう考えても、妙なはなしだぜ」

「な、おめえもそうおもうだろう。さっそく、明日にでも麴町へ行ってみようぜ。主人の伊右衛門を叩けば、何か出てくるかもしれねえ」

甚斎は得意げに胸を張り、へっついの並ぶ土間へ下りていく。

そして、昆布の出汁で炊いた松茸飯を、土鍋ごと運んできた。

美味そうな湯気を眺めただけで、じわりと唾が滲みでてくる。

「ここは浮世小路の料理茶屋か」

忠兵衛がからかうと、左近もぼそっと一句こぼす。

「初まったけ、一年待った甲斐がある」

救いようのない駄洒落にもかかわらず、ほかの三人は腹を抱えて笑いころげた。

四

白髪の人物が鈴振谷とも呼ぶ善国寺谷の底に立ち、火除地に向かってじっと両手を合わせていた。

左の頰に椎の実大の痣をみつけ、忠兵衛は息を吞む。

五味坂で見掛けた商人風の男にまちがいない。

屍骸をみつめる野次馬のなかで、なぜか、ひとりだけ目を潤ませていた。

――かあ、かあ。

何羽かの烏が騒々しく鳴いている。

火除地の一角は芥捨て場と化しており、多くは腐った食べ物だが、使えなくなった桶や樽や箪笥まで捨ててあった。

白髪の男は芥捨て場のほうに祈りを捧げ、坂を上って麴町の大路へ向かう。ぶつかりそうになった大八車を手で制して大路を横切り、七丁目の角まで歩を進めていった。

そこに、うだつのあがった大店がある。

白髪の男は奉公人たちに迎えられ、敷居の向こうへ消えた。

店先に立って見上げれば、うだつのそばに『駿河屋呉服商』の屋根看板があった。

「やっぱしな、おもったとおり、駿河屋の主人だったぜ」

大路で見掛けたときから、何となくそんな気がしていたのだ。

善国寺谷の底まで尾けたのも、みずからの勘にしたがってのことだった。

「忠の字よ、おめえは霍乱の特効薬を売る定斎屋ってことにしてあるかんな」

甚斎が横を向き、喋りかけてくる。

主人の伊右衛門はこの夏、霍乱で悩まされたと聞いたので、定斎屋に化けた。

そのほうが相手も警戒せず、会ってくれるとおもったからだ。

訪ねてみると、甚斎が虫歯を抜いてやった手代が待っており、思惑どおり、客間へ案内してもらうことができた。

「戸隠さま、戸隠さま」

と、手代に持ちあげられ、甚斎はまんざらでもない様子だ。

伊右衛門が来るまでのあいだ、熱い茶を啜って待った。

「何やら、抹香臭え店だな」

甚斎の言うとおりだ。

不幸でもあったのだろうか。

茶を淹れかえにきた手代にそれとなく尋ねると、興味深いこたえが返ってきた。

卯月の灌仏会、十九で亡くなったおきぬという一人娘の三回忌法要が営まれたのだという。「一刻たりとも絶やさぬように」と主人に厳命された線香の数が三倍に増えたせいで、店じゅうがいつも抹香臭いらしい。

「灌仏会と言えば、卯月の八日だぜ」

「それが一人娘の命日だったとはな」

おもわず、忠兵衛と甚斎は顔を見合わせた。

さらに詳しく聞こうとしたところへ、左頬に椎の実大の痣がある伊右衛門があらわれた。

忠兵衛は唇もとを濡らすべく、冷めかけた茶を啜る。

「よくぞおみえになられた。戸隠先生には、手前どもの手代がいつもご迷惑をお掛けしているそうで」

「虫歯を抜いてやっただけですよ」

「わたしもいずれ、お願いしよう。奥歯がぼろぼろなものでな」

「ご自身でも気づかれぬうちに、歯を噛みしめておられるのでしょう。ちょっと診せていただけませぬか」

「お願いします」

おたがいに膝を躙りよせ、伊右衛門が大きく口を開けた。

甚斎は頭をかたむけ、口に突っこむほどの勢いで覗きこむ。

「なるほど、仰るとおりだ。堅いものを噛むのに、苦労なさっておられるはず。入れ歯にしたほうがよいかもしれませぬぞ」

「入れ歯ですか」

「今なら お安くしておきます。柘植の上下合わせて、十両でいかがでしょう」

後ろから、頭をぺしっと叩きたくなった。

伊右衛門は溜息を吐き、巧みにはなしを逸らす。

「そういえば、本日のご用はお連れさまのほうでしたな。何でも、霍乱によく効くお薬をお持ちいただいたとか」

探るような眼差しを送られ、忠兵衛はよどみなく応じた。

「どうぞ、こちらをご覧ください。鼻糞みたいな丸薬ではございますが、もちろん、辻売りで見掛ける延命散ではございません。これは地竜丸と申しまして、霍乱ばかりか万病に効く薬にございます」

もっともらしいはなしぶりだが、まんざら嘘でもない。

地竜とは蚯蚓のことで、古来から解熱や咳止めに効果があると信じられている。

「地竜丸ですか。されば、いただいておきましょう」

「おありがとう存じます。ところで、不躾なことをお聞きしても」

「何でしょう」

「手前どもは今日、番町からやってまいりました。じつは善国寺谷の底で、旦那さまをお見掛けしましてね。何やら、芥捨て場に向かって拝んでおられたようでしたが、あれは」

「毎日、朝と晩、桐の簞笥に祈りを捧げております」

「桐の簞笥でございますか」

「ええ、二年前に捨てたものが、いつまでも置き去りになっているものですから……それ以上はご勘弁を」

「あっ、はい。妙なことを伺って申し訳ありません」

突っこんで問うことはできず、肝心の盗みの一件についても、伊右衛門の口から直にはなしを聞きだすことはできなかった。

ただ、帰りがけに手代から貴重なはなしを聞くことができた。

伊右衛門はつれあいを早くに亡くしてから、後添えも貰わず、一人娘のおきぬを男手ひとつで育てあげた。目に入れても痛くないほど可愛がっていたという。

十九になって嫁ぎ先も決まったので、おきぬの成長に合わせて育てた庭の桐を伐り、花嫁道具の桐簞笥をつくってやった。そんなある日のこと、おきぬは灌仏会の甘茶を貰いに近くの寺へおもむき、そのまま帰らぬ人となった。

何者かに殺められ、善国寺谷の芥捨て場に捨てられたのだ。

傷ついた無残な屍骸は烏に突っつかれ、眼球をふたつとも剔られていたらしい。

手代のはなしを聞いて、忠兵衛は考えこんでしまった。

芥捨て場で見掛けた簞笥は、おきぬという娘が嫁ぎ先に持っていく婚礼道具だったのだ。桐簞笥に祈りを捧げる伊右衛門の悲しみは、筆舌に尽くしがたいものであろう。

甚斎がしんみりと喋りかけてきた。

「忠の字よ、また八日が出てきたな。卯月八日に三回忌の法要をおこなったあと、皐月八日に駿河屋は念仏小僧に盗みにはいられた。さらに、その翌月から三月つづけて、同じ八日に三人の勤番侍が屍骸になった」

勤番侍は三人とも、一人娘の月命日に陰惨な手口で殺られていた。

駿河屋に盗みにはいった念仏小僧が殺ったと、忠兵衛たちは睨んでいる。

三人の侍たちの関わりを、もう一度じっくり調べなおす必要があろう。

誰かの眼差しを感じて、ふと、忠兵衛は振りかえった。

大路を挟んだ向こうの店先に、伊右衛門が幽霊のように佇んでいる。

「ばれちまったか」

こちらの素性を見透かしているかのように、じっと睨みつけてくる。

忠兵衛は腰を折ってお辞儀をすると、善国寺谷へつづく坂道を暗澹とした気持ちで下りはじめた。

五

観世音菩薩を本尊とする観念寺は、多くの寺院が集まる愛宕山下から芝増上寺へいたる一隅にあった。

忠兵衛が又四郎とともに宿坊を訪ねると、捕り方装束の小者が待っていた。

「長岡さまはおいでかい」

「はい」

小者に案内されて、本堂の伽藍へ向かう。

脇の廊下にたどりついてみると、坊主頭の僧侶が天井からぶらさがっていた。

太い梁に縄を渡し、首を縊ったのだ。

「この寺の住職だ」

伽藍のほうから、だぼ鯊こと長岡玄蕃がぬっと顔を出す。

「こっちに来い」

誘われて足を進め、本尊を祀ってあるはずの須弥壇に手を合わせた。

「ほら、これをみろ」

だぼ鯊は伽藍を支える太い柱のまえに立ち、刃物で刻まれたとおもわれる真新しい痕跡を指さした。

「『仏』か」

後ろの又四郎が漏らすと、だぼ鯊は投げやりな調子で笑う。

「念仏小僧の仕業さ。高家、奥医師ときて、つぎは寺ときた。まさか、寺金が狙われるとはな」

「なるほど、盗られたのは寺金でやすか」

「ぜんぶで四千両だとよ」

「えっ、そんなに」

と、又四郎が声をあげる。

寺金とは檀家たちが火災などから貯えを守るべく、寺に預けておく金のことだ。人々に功徳を施す寺が金蔵として利用されていることはあまり知られておらず、信心深い檀家のあいだでも口にされることは少なかった。

「住職は不埒にも妾を囲っておった。檀家から預かった寺金を、妾にせっせと貢いでおったのさ。そいつが露見するのを恐れ、あのとおり、鮭になりやがった」

ぶらさがった坊主の首は長々と伸び、吹きこむ風に帷子の裾が捲れている。

忠兵衛の目には、人ではなく、ただのものにしかみえなかった。

「ほとけの面前で首を縊るとはな、罰当たりにもほどがあるぜ」

世間から「ざまあみろ」という声が聞こえてきそうだが、どっちにしろ、笑えぬはなしだ。

だぼ鯊は口端を吊り、懐中から派手な柄の布切れを取りだしてみせた。

「こいつが何かわかるか。住職が妾に贈った絹の袂だ。『仏』と刻まれた柱に、杭で打ちつけてあったのさ」

布切れとともに、事情を綴った置き文もみつかった。

念仏小僧は、住職の裏事情まで知ったうえで盗みにはいったのだ。

ひょっとしたら、妾も無事ではないかもしれない。

悲劇が悲劇を生み、すべてが壊れてしまうのを楽しんでいるかのようだ。

翻弄される捕り方の様子を遠くで眺め、ほくそ笑んでいるのだろう。

だぼ鯊のことばには、抑えきれぬ怒りが込められていた。

「商家ばかり狙っていた盗人一味が、ふた月前から武家や寺に狙いを変えた。なるほど、隠し金の在処がわかる絵図面さえ手にできれば、そっちのほうが楽かもしれぬ。下調べの手間も省けるし、商家のように警戒もしておらぬだろうからな」

「絵図面でやすか」

「ああ、そうだ。盗まれる側に念仏小僧と通じている者がおって、そやつの手から絵図面が渡ったのであろう」

「なるほど」

そこまでわかっているのであれば、探索のしようもありそうなものだが、だぼ鯊はお膳立てだけして、泥臭い役目はこちらに押しつけてくる。

「あまり待てぬぞ。一刻も早く、盗人の尻尾を摑むのだ」

厳しい口調で命じると、だぼ鯊はそそくさと居なくなった。

「おれたちも長居は無用だぜ」

忠兵衛と又四郎も伽藍に背を向け、本堂の外へ逃げるように飛びだす。

霧雨の降る参道を濡れながら歩き、急勾配の石段を下りていく。

下りきって少し歩いたところで、又四郎が足を止めた。

「忠兵衛どの、お待ちを」

「ん、どうした」

振りむけば、又四郎の目が石灯籠に張りついている。

寄進した者の名が、朱文字で刻まれていた。

——駿河屋伊右衛門

忠兵衛は低く呻いた。

駿河屋はこの寺の檀家なのだ。

立派な石灯籠を寄進するほどの檀家なら、寺の裏事情に通じていた公算は大きい。

「駿河屋は呉服屋ですよね。さきほどの布切れ、住職の注文で妾に仕立ててやった着物の袂かもしれませんよ」

おそらく、そうであろう。

住職から何でも相談される立場だったとすれば、寺金の在処を知っていても不思議ではない。

「ひょっとしたら、高家や奥医師の奥向きへも出入りしていたのかも」

又四郎は興奮気味に漏らし、駿河屋伊右衛門が盗みに手を貸したのではないかと疑ってみせる。

忠兵衛は首をかしげた。

まっとうにみえる商人が、なぜ、盗人一味に手を貸さねばならぬのか。

——かあ、かあ。

烏の嗄れた鳴き声が、杉林の奥から聞こえてくる。

善国寺谷の底に立って祈りつづける男の後ろ姿が、忠兵衛の頭に浮かんで消えた。

六

三人の侍が殺められ、三つの隠し蔵が破られた。

一見すると関わりのなさそうな出来事が、駿河屋という呉服商の鏡に映してみると、すべてが一本の糸で繋がっているようにおもえてきた。

翌日、蝮の辰吉が意外にも、殺められた三人の繋がりを調べてきた。

目端の利く小悪党は銀流しの十手で肩を叩き、教えてもいいぜと言いながら袖を振ってみせた。

忠兵衛が小粒を入れてやると、途端に口の滑りがよくなる。

「番町の法眼坂に、円明流を教える小せえ道場があった。三人は二年前まで、そこに通っていたのさ」

「二年前まで」

「ああ、何があったか知らねえが、殺められた三人もふくめて五人の門弟が道場をやめた。そのうちの四人は自分から身を退いたが、ひとりだけは破門になったそうだ。そいつは何と、破門にされたことを恨みにおもい、道場主を暗闇で待ちぶせして刺したらしいぜ」

刺された傷がもとで道場主は死に、円明流の道場は法眼坂から消えてなくなった。

「五人は二年前、道場を逐われるようなことをやらかした。忠兵衛よ、おれはな、それが原因で三つの屍骸が転がったんじゃねえかとおもう」

「さすが、蝮の親分。頭の冴えがちがう」

「褒め言葉なんざいらねえから、もう一朱出せ。そうすりゃ、今から四人目の男のところへ案内してやるぜ」

「けっ、守銭奴よりひでえな」

「何か言ったか」

「いいえ」

忠兵衛が指で一朱金を弾くと、辰吉は蝿でも摑むようにさっと取り、颯爽と外に飛びだす。

金魚の糞になりたくもないので、忠兵衛は一定の間合いを保ちながら歩いた。小雨のぱらつくなか、半刻近くも歩いてたどりついたさきは、溜池下の霊南坂を下ったさき、薄暗く淀んだ臭気に包まれた麻布市兵衛町の露地裏だ。

「薄汚え一膳飯屋があんだろう。四人目の侍えは、そこにいる。名は熊谷和也、愛宕下佐久間小路にある伊予小松藩一柳家の元家臣だ」

「伊予小松藩といえば、一万石の小大名でやんすね」

「そうよ。死んだ三人と同じさ。ちがうのは、熊谷だけが二年前に藩をやめ、浪人になっちまったことだ。それでも、縁のあるここいらへんから離れられねえようでな、すぐそばの貧乏長屋に住んでいやがる。かみさんと幼子もいたらしいが、疾うに愛想を尽かされた。今は独り身で、どうやって食っているのかもわからねえ。おおかた、借銭乞いの付け馬でもやって糊口をしのいでいるんだろうさ」

暖簾を振りわけると、どぶの臭いが漂ってきた。

「こんな見世で酒を呑んだら、腹を壊しちまうぜ」

辰吉はそう言い、奥の床几(しょうぎ)に顎をしゃくる。

呑みつぶれてうつぶせになった五分月代(ごぶさかやき)の浪人がいた。

「あいつだ。あとはおめえに任せる」

見世にはいらずに出ていく岡っ引きの背中を追いかけた。

「親分、ちょいと待ってくれ」

「まだ何か用か」

「もうひとり、五人目の男のことを教えちゃもらえやせんか。そいつは道場主を刺した野郎なんでしょう」

「ああ、そうだ。そいつだけは、小藩の勤番侍じゃねえ。人ひとり殺めたってのに、お咎(とが)めなしで済みやがった。今も、のうのうと生きていやがる。世間さまに迷惑を掛けても、平気な面で遊び惚(ほう)けていやがるんだ。さすがのおれも腹に据えかね、ふん縛ってやろうとおもったさ。ところが、上から待ったが掛かった。腫(は)れ物(もの)に触るなとな」

腫れ物と聞き、忠兵衛は顔をしかめる。

「上ってのは、牛弁の旦那で」

「いいや、もっと上だ。岡っ引きなんぞの与(あず)かり知らねえ雲の上さ」

「そいつ、身分の高え野郎なんですかい」

「さあ、知らねえ。知っていても、そいつの素性は喋らねえ。こっからさきは、おめえの領分だ。突っこむかどうかは、おめえ次第さ」

突っこませたがっているのは、手に取るようにわかる。

辰吉は忠兵衛が「帳尻屋」であることは知らぬものの、内与力のだぼ鯊と繋がっていることは知っていた。袖の下を取ることにしか関心のない小悪党が、忠兵衛に期待を寄せ、五人目の男が裁かれることを欲しているのだ。

よほどの悪党にちがいない。

少なくとも、それだけはわかった。

「あばよ、忠兵衛。へへ、五人目は手強え相手だぜ。おめえのその役者顔、これが今生の見納めになるかもしれねえな」

背中をみせる岡っ引きに悪態を吐き、忠兵衛はふたたび一膳飯屋の暖簾を分けた。

金に困った呑んだくれの扱いなら、お手のものだ。

対面する手前の床几に座り、親爺に酒肴を注文する。

しばらく様子を眺めていると、熊谷和也は顔を持ちあげ、血走った眸子で睨みつけてきた。

忠兵衛は出された酒をぐい呑みに注ぎ、美味そうに呑みほす。

不味い肴も美味そうに咀嚼し、ついでに、袖口の小銭をじゃらじゃらさせてやった。

さっそく、獲物が食いついてくる。

「おい、そこの色男。おぬしだよ、ずいぶん立派な扮装をしておるではないか」

声を掛けられても、忠兵衛は容易に応じない。

熊谷は立ちあがって横に座り、じゅるっと涎を啜る。

「おい、色男、一杯呑ませてくれぬか」

「どうぞ、ご勝手に」

銚釐を押しやると、熊谷は遠慮がちに銚釐を摘まみ、注ぎ口から直に呑みはじめた。

「ぷはあ、不味い。ふん、糞不味い酒だな」

「そいつはよかった。なら、あっしはこれで」

立ちあがろうとすると、熊谷は慌てたように縋りつく。

「待ってくれ、あと一合だけつきあってもらえぬか」

「しょうがねえなあ」

座りなおし、親爺に酒のお代わりを持ってこさせる。

こんどはぐい呑みに注いでやり、巧みにはなしを引きだした。

忠兵衛が聞きたいのは、二年前にあった出来事と五人目の人物の素性だ。

熊谷は酒がすすむと、しくしく泣きはじめた。

「おいおい、泣き上戸かい」

「聞いてくれ、わしはな、これでも円明流の免状持ちなのじゃ。本来なれば今ごろは、伊予小松藩一柳家の剣術指南役に抜擢されておったやもしれぬ」

「それがどうして、場末の一膳飯屋なんぞで燻っておいでに」

「二年前、わしは道場をやめ、藩邸からも逃げた」

「逃げた。それはまた、どうして」

「侍として、とうてい許されぬことをしてしもうたのよ」

「ほう、そいつはどんなことなんで」

「言えぬ。わしのはなしを聞いたら、おぬしはわしを殺めたくなるであろう」

「それほどの秘密を抱えていたら、からだによくねえぜ。ぜんぶ喋っちまったら、憑き物が落ちるかもしれねえ」

熊谷は小鼻をひろげ、忠兵衛の眸子を覗きこむ。

「まことに、憑き物が落ちようか」

「請けあうよ。さあ、おもいきって吐きだしちまいな」

それでもしばらくは黙していたが、やがて、熊谷は観念したようにぼそぼそ喋りはじめた。

「何もかも、酒のせいだ。その日は灌仏会でな、親しい道場仲間と麴町の大路へ繰りだし、昼間から呑みあるいておった。わしらは道場のほかの門弟どもから『一万石の城無し大名、仕える藩士は山出し者』なんぞと小莫迦にされ、日頃から鬱憤が溜まっておったのだ」

同じ境遇の四人はいつもいっしょで、安酒を呷りながら愚痴を言いあっては憂さを晴らしていた。

「あの日もそうだった。わしらを煽ったのは、幕臣の糞野郎だ。名は三好恭三郎、親は長崎奉行もつとめた大身旗本の三男坊よ。恭三郎は役無しの部屋住みであったが、腕は立つ。道場でも屈指の力量であったにもかかわらず、憂さ晴らしに野良犬を斬り、それがばれて師範代への推挙を棒に振った」

あまりに残忍な性分ゆえ、道場では一匹狼で通っていたが、熊谷たち四人とは馬が合った。

「というより、わしらのほうから近づいたのだ。恭三郎は金を持っていた。いっしょにいれば、いくらでも贅沢ができる。金さえあれば、大きな顔ができる。田舎侍と蔑まれることもない。わしらは恭三郎の腰巾着になりさがった。過ちだったと気づいたときは後の祭りさ」

熊谷はぐい呑みに満たしてやった酒を呷り、ひと呼吸おくと、はなしの核心に触れていった。

「酔った勢いで、わしらは近くの寺へ甘茶を貰いにいった。そこへ、同じように甘茶を貰いにきておった商家の娘がおってな、恭三郎がその娘に目を留め、いたずらしようと言いだしたのだ」

忠兵衛は内心の動揺を悟られまいと、顔色も変えずに黙りこむ。

熊谷は酒を呷り、はなしをつづけた。

「抗う者はいなかった。町人の娘ごときと、軽く考えておった。わしらは従者の目を盗んで娘を攫い、人気のない裏の墓地へ連れこんだ。嫌がる娘を地べたに押し倒し、まずは恭三郎が娘の股をひろげて強引にいちもつを押しこんだ。つづいて三人が順に不義をおこない、最後にわしの番になった。されど、できんかった。娘に恨みの籠もった目で睨まれてな、くそっ、あの目が今でも忘れられぬ」

その娘こそ、駿河屋のおきぬであったにちがいない。

婚儀を控えた十九の娘は、不運にも狼どもの餌食にされてしまったのだ。

「恭三郎は脇差を抜き、娘の胸を刺した。急所でないところを刺し、じわじわ苦しめていった。ひと刺しすれば一両やると言われ、わしら四人も順に刺した。やがて、娘はこときれた。わしは屍骸を墓地に捨てておくのが忍びなく、暗くなってから善国寺谷の火除地へ運んだ」

熊谷は罪の意識にさいなまれ、数日後、事の一部始終を道場主に告げた。

ひどい仕打ちが表沙汰になれば、道場は潰れてしまうかもしれない。道場主はそのことを危惧し、ほかの門弟には明確な理由も告げず、五人を放逐することにした。三好恭三郎を除いた四人は藩に帰参できなくなることを配慮し、寛大な処分で済ませたが、恭三郎だけは日頃から素行が悪いことも鑑みて破門にした。そのせいで恨みを買い、道場主は命を縮めてしまったが、恭三郎の罪は巧みに隠蔽された。

「あの娘が今でも枕許に立ち、痛い痛いと泣くのじゃ」

熊谷はみずからを貶めることで、罪から逃れようとこころみた。

だが、過去の呪縛から逃れられず、酒に溺れるしかないのだという。

「今年の灌仏会は、娘の三回忌だった。わしはふとおもいたち、善国寺谷の底へ足を運んだ。恐る恐る芥捨て場をみると、大きな箪笥がひと棹捨ててあった。おそらく、あれはあの娘の箪笥だ。わしは両手を合わせながら、参じたことを後悔していた。そのとき、声を掛けてきた白髪の商人がおった。頬に大きな痣のある商人だ。『何を必死に拝んでおられる』と尋ねられ、わしは何ひとつこたえられなんだ」

坂を上って帰る道すがら、何かにまとわりつかれているような気がしてならなかったらしい。

おそらく、駿河屋伊右衛門はそのとき、娘を陵辱した悪党どもの端緒を摑んだのであろう。そして、狼の素性をひとりずつ暴いていった。娘の恨みを晴らすべく、復讐に転じる機会を虎視眈々と窺っていたのだ。

忠兵衛は想像を膨らませ、はなしの筋を描いていった。

三回忌からひと月経ち、おもいがけない出来事が起こった。

駿河屋は念仏小僧の蔵荒らしに見舞われたのだ。

伊右衛門はこれを天啓ととらえ、念仏小僧と取引をした。

お宝のすべてを差しだすうえに、上客の秘密を教える。

破格の条件と交換に、侍殺しを依頼したのではあるまいか。

忠兵衛の描いた筋が当たっているとすれば、駿河屋伊右衛門はまだ復讐を遂げていないことになる。

四人目と五人目の男は、生きているのだ。

ふたりのどちらかを見張っていれば、念仏小僧と出くわすことができるかもしれぬ。

だが、忠兵衛は侍殺しを阻もうとはおもわなかった。

三好恭三郎なる悪党はもちろん、熊谷和也も死んで当然のことをした。

「助けてくれ。頼む、わしを助けてくれ」

熊谷は床几にうつぶせになり、しくしく泣きはじめる。

三人の仲間があの世へ逝ったことも、たぶん、知らぬのだろう。

忠兵衛は何ひとつこたえずに腰をあげ、その場から去りかけた。

「待ってくれ、どこへ行く」

「さあな。おめえさんにゃ、もう用はねえ」

後ろもみずに言いはなち、暖簾を分けて外へ出る。

あいかわらず、雨はしとしと降りつづいていた。

昼過ぎなのに、夕暮れのような空だ。

道端に植わる柳の木陰から、白い顔の夜鷹が覗いている。

化粧の剝げた夜鷹の顔は悲しげで、罪深い者の心を見透かしているかのようだ。

「念仏小僧め、そばにいやがるのか」

忠兵衛は雨に濡れながら、死に神の跫音を聞いていた。

七

翌朝、熊谷和也の屍骸が愛宕下の藪小路でみつかった。

夜回りの辻番が熊谷らしき者の人影を見掛けており、夜鷹の肩を抱いて暗がりに消えていったという。そのあと、熊谷は屍骸になったのだ。

「まさか、夜鷹に殺られたんじゃねえだろうな」

甚斎は冗談半分に言うが、まんざらないはなしではない。夜鷹に化けた念仏小僧の一味が、三途の川の渡し人になったのかもしれなかった。

「ともあれ、これで四人。残りはひとりか」

忠兵衛たちは昼間から甚斎の看立所に集まり、軍鶏鍋を突っついている。

「雨つづきでからだが冷えたときは、軍鶏で精をつけるにかぎるぜ」

甚斎がよそった椀に嚙りつくのは、いつも腹を空かせている又四郎だ。

左近は厄介事に関わりたくないのか、ひとことも喋らずに酒を舐めている。

「連中は焦っているにちげえねえ」

と、甚斎は指摘する。

「これまでは月にひとりずつ、かならず娘の月命日に殺らせていたはずが、四人目の熊谷は定式をくずしてまで殺った。忠の字、おめえのせいかもしれねえぜ。やつら、嗅ぎつかれてんのに気づいたのさ」

「ああ、そうかもな」

五人目の殺しも、存外に早い段階で仕掛ける公算は大きい。

「へへ、忠の字に言われたとおり、三好家の三男坊を調べてみたぜ。恭三郎ってのは噂に違わず、ひでえ野郎だ」

甚斎によれば、三好恭三郎は今も悪党仲間と連れだって、夜な夜な盛り場に出没しては厄介事を起こしている。

「置屋から芸者衆を呼んで裸踊りをさせたかとおもえば、他人の宴席に野良犬を放したり、酔った勢いで刀を抜くことも一度や二度じゃねえ。巻きぞえになって、ひでえ怪我を負った町人もいる。ところが、ひとつとして表沙汰にゃならねえ。元長崎奉行の父親が、丸くおさめてみせるのさ」

「金をばらまくのか」

「ああ、そうさ」

父親の三好河内守は屋敷のなかに隠し蔵を持っており、長崎奉行のころに貯めこんだ八朔銀が唸りをあげているとの噂もあった。八朔銀とは、長崎の商人たちが奉行に納める献金のことだ。幕初のころからある習慣で、長崎奉行を三年つとめれば江戸に蔵が建つとも言われていた。

三好河内守も財を築き、子の揉め事はすべて金の力で揉み消しているのだ。

「許せぬ。侍の風上にも置けぬ輩だ」

又四郎は軍鶏肉を呑みこみ、青臭い台詞を吐く。

甚斎が言った。

「忠の字の読みが正しけりゃ、恭三郎は駿河屋にとって最後の獲物になる。じつはもうひとつ、おもしれえことがわかった。三好家の屋敷は駿河台の錦小路にあってな、駿河屋は今でも奥向きに出入りしているそうだ」

「今でもってことは、二年前も出入りしてたってことか」

「ああ、駿河屋にとっては、お得意さまだったってことさ」

三男の恭三郎は駿河屋を知っていたはずだ。縹緻よしと評判だったおきぬのことも見知っていたかもしれない。

甚斎は、忠兵衛も考えていることを口に出した。

「おれが駿河屋なら、三好家の絵図面を手に入れる。もちろん、隠し蔵の在処もきっちりわかるやつだ。そいつを、念仏小僧に手渡す」

殺してから奪うか、奪ってから殺すか。

どっちにしろ、念仏小僧のつぎの狙いは三好屋敷にちがいない。

忠兵衛はすでに、中間に化けて屋敷に潜りこむ算段を立てていた。

八

——どどどど。

駿河台の一角に、土煙が舞っている。

「牛だ牛だ、暴れ牛だぞ」

中間どもが興奮気味に叫んだ。

とんでもなく広いものの、ここは大名屋敷の庭ではない。

家禄四千石の大身旗本、三好河内守邸の中庭だった。

さすが長崎奉行を何年かつとめただけあって、建物や調度の設えは贅をこらしている。

忠兵衛と又四郎は各々、中間と若党に化け、屋敷内へまんまと忍びこんだ。

三好家ではこの日、毎年恒例となった「彼岸の精進落とし」と称する莫迦騒ぎが催される。

主催は出入りの商人だが、河内守の要望に沿った演出が企図された。

能や狂言では満足できない。今年は何と、暴れ牛と力士を闘わせるという奇抜な催しである。

庭の中央には、堅固な木柵が丸く築かれていた。

引きずりだされた牛はみるからに気性が荒く、下手をすれば力士は角の餌食になる。大量の血が流れ、ことによったら命をも落としかねない危うさが、見物する側の興奮を呼びおこすのだ。

血飛沫の舞う光景を、河内守たちはことのほか喜ぶらしい。

何がおこなわれているのか、外からはまったくわからない。

忠兵衛と又四郎も屋敷に踏みこんではじめて、信じがたい光景を目にしたのだ。

「三男坊もおりますね」

又四郎がそっと身を寄せ、囁(ささや)きかけてくる。

忠兵衛も最初から、恭三郎に目を張りつけていた。

一見すると、うらなり顔の優男(やさおとこ)だが、周囲を油断なく睨みつける眼光は狂気を帯(お)びている。

中間たちの噂によれば、父親の河内守は刀剣の蒐集家(しゅうしゅうか)で、恭三郎に命じてよく様斬(ためしぎ)りをさせるのだという。様斬りに使われるのは血抜きされた罪人の首無し胴だが、生きた野良犬が犠牲になることもあるらしい。

「子も子なら、親も親というわけさ」

「まったく、今日の催しも正気の沙汰とはおもえませぬ」

木柵の外では、三人の力士が出番を待っていた。

いずれも名の知られていない田舎力士で、からだつきこそ大きいものの、土俵に立ったこともないような若者ばかりだ。

鼻息の荒い牛をみて、恐怖に縮みあがっている。

できれば助けてやりたいが、力士たちにも生活がかかっている。見事に暴れ牛を手懐(てなず)けたならば、いくばくかの報酬とともに、有力な大名家への推挙が得られるのだ。金もなく、いつも腹を空かしている。そんな連中にしてみれば、恐れを捨てて挑むしかない。

見物人たちが濡(ぬ)れ縁(えん)に座ると、まんなかの床几に座す河内守が差配役(さはいやく)のほうへ顎をしゃくった。

決闘開始の合図だ。

一頭目の牛が三人がかりで、木柵のなかへ牽(ひ)かれてきた。

反対の口から、ひとり目の力士がはいってくる。

牛はとんでもなく大きく、凶暴にみえた。

口から泡を噴くすがたは、温厚な印象とはほど遠い。

「放て」

差配役の合図で、綱を持った連中が手を放す。

刹那(せつな)、暴れ牛が地を蹴った。

――ぬごご。

牛とはおもえぬ雄叫(おたけ)びをあげ、まっすぐに突進する。

「ひぇええ」

力士は尻をみせて逃げた。

よたよた逃げまどうすがたが、見物人たちの笑いを誘う。

牛は低い位置から迫り、角で力士の尻を突こうとする。

力士はどうにか逃げたが、すぐに息が切れてきた。

「出してくれ、ここから出してくれ」

泣いても叫んでも、木柵の扉はひらかない。

見物人たちの歓声や怒声が、泣き声を掻き消す。

河内守と恭三郎も「突け、突き殺せ」と叫んでいる。

ひとり目の力士は力尽き、牛も後ろを向いて離れていった。

双方が木柵の外に出され、ふたり目の力士と二頭目の牛が投じられる。

こちらもまた、逃げまどう力士を牛が追いかけまわす展開となった。

「ひとりくらい骨のある者はおらぬのか」

河内守は吐きすて、声を張りあげる。

「牛の突進を素手で食いとめたら、三倍の報酬を取らせようぞ。加賀前田家への召し抱えも頼んでつかわそう」

三人目の力士は、途端に目を輝かせた。

顔を両手でぱんぱん叩き、木柵のなかへ飛びこむ。

果敢に四股を踏んでみせると、見物席からも「よいしょ、よいしょ」という掛け声が響いた。

一方、投じられた牛は、途轍もなく大きい。

三頭のなかで、性質はもっとも凶暴らしかった。

「放て」

綱から解放されるや、牛は力士めがけて突進した。

よせばいいのに、力士は逃げずに組みとめようとする。

──どん。

牛は何と、腹をひと突きにした。

力士は血だらけになり、地べたにぐったり倒れこむ。

牛は血をみて興奮し、蹲る力士をさらに角で突きあげた。

やんやの喝采をおくっていた連中が、しんと静まりかえる。

力士は臓物を引きずりながら、木柵の外へ運びだされていった。

「興醒めじゃ。みなの者、酒宴を張れ。酒盛りじゃ」

河内守の命にしたがい、出入りの商人が囃子方を引きつれてくる。

派手な衣装の芸者たちもすがたをみせると、ぱっと花が咲いたようになった。

殿さまと若殿たちと側近だけが大広間に集まり、大身旗本らしからぬ乱痴気騒ぎをはじめる。

浴びるように酒を呷った連中は、芸者たち相手に痴態を繰りひろげた。

芸者のひとりなどは真っ裸で寝かされ、胸や腹に刺身を盛られている。

信じがたい光景に、忠兵衛も又四郎も眉をひそめた。

「ここまで腐っておるとはな」

「まったく、反吐が出るぜ」

忠兵衛は悪態を吐きつつも、屋敷内の随所に目を配る。

廊下の隅や裏木戸のそばに、目つきの鋭い用人たちが配されていた。

恭三郎はたぶん、おのれの命が的に掛けられているのを知っているのだ。

逆しまに、念仏小僧を捕らえようと、罠を仕掛けているのかもしれない。

「隠し金の在処を突きとめてやるかんな」

忠兵衛は、ぐっと顎を引きしめた。

九

空は黒雲に覆われ、月も星もみえない。
みなが寝静まったころ、屋敷内の暗闇に人影が舞いおりた。
「ひい、ふう、みい……」
ぜんぶで五人、夜目の利く忠兵衛にはみえる。
いずれも、柿色装束に身を包んだ者たちだ。
もちろん、念仏小僧の一味であることを、忠兵衛は見抜いている。
かたわらの又四郎が、生唾を呑みこんだ。
ふたりは寝所から抜けだし、四半刻ほど物陰に潜んで待った。
忠兵衛には、盗人の心が手に取るようにわかる。
狙うとすれば今夜だ、という予感がはたらいた。
隠し金の在処は、すでに、突きとめてある。
それは蔵ではなく、裏手の炭置き小屋だった。
小屋のなかには茶器などを焼く窯が設えてあり、そのなかにお宝が隠されているのだ。

関八州に名を轟かせた盗人だけあって、敷地内に忍びこめばお宝の在処などたちどころにわかる。小屋に施された南京錠を外し、窯を外から眺めてもみた。千両箱の十個や二十個は楽に入れられそうな大きさはあったが、口は土で塗りかためてあったので、お宝がどれだけあるのかはわからなかった。

駿河屋も見破っているのにちがいない。

念仏小僧に手渡された絵図面には、炭置き小屋が記されてあるはずだ。

案の定、先まわりをして裏手に潜んでいると、一味の五人がやってきた。

先頭のひとりが手をあげると、後ろにつづく四人は足を止め、身を低くする。

手をあげたのが「村正」と名乗る頭目であろう。

存外に小柄で、華奢なからだつきだ。

猫に似た印象である。

仙次ではないと、はっきりわかった。

ほかの連中にも目を凝らしたが、仙次らしきからだつきの者はいない。

杞憂か。

安堵しつつ、息を潜める。

しばらくのあいだ、ときが止まったようになった。

壁に張りついた五人は、すぐには動こうとしない。
触角を動かす南京虫のように、周囲の気配を窺っている。
又四郎は夜目が利かないので、一味の動きを把握（はあく）できない。
かたわらにいると、焦（じ）れったい様子が伝わってきた。
すっと、五人が動いた。
村正らしき者が小屋の戸口に身を寄せ、南京錠を難なく開けてみせる。
なるほど、しなやかな仙次の手口にそっくりだ。
手下のひとりが桟（さん）に油を流し、板戸を音も無く開ける。
ひとりを表の見張りに残し、四人がなかへ消えた。
わずかののち、小屋内から悪態が聞こえてきた。
「くそっ、嵌（は）められた。蛻（もぬけ）の殻（から）だ」
そのときである。
ぼっ、ぼっ、ぼっと、周囲に炎が点（とも）った。
篝火（かがりび）だ。
松明（たいまつ）を掲（かか）げた大勢の人影も沸いてくる。
――びん。

突如、弦音が響いた。

一本の矢が闇を裂き、戸口に立つ見張りの胸を射抜いた。

「ひゃはは、引っかかったな、賊どもめ」

重籐の弓を提げた三好恭三郎が、手練の配下を連れてあらわれた。

後方には、当主の河内守や側近たちも控えている。

「父上、ご覧あれ。拙者の申したとおり、念仏小僧が嚢中の鼠になり申した」

「恭よ、ようやった。お宝を移しておいて助かったわ」

苦労して蓄財した小判はしめて一万両におよぶと、河内守は豪語する。

「誰の手にも渡さぬ。恭よ、それ、炭置き小屋に火を放て。小屋ごと焼き尽くしてしまうのじゃ」

「はっ、かしこまりました。者ども、矢を放て」

恭三郎の命令一下、若党たちが火矢を放った。

屋根に油でも撒かれていたのか、小屋はひとたまりもなく炎に包まれる。

よくみれば、風下には土壁が築かれ、延焼を防ぐ手だてが施されていた。

紅蓮に燃えあがる小屋の戸口から、四つの人影が燻しだされてくる。

「鼠が出てきおったぞ。それ、者ども、盗人どもを斬りすてよ」

恭三郎に尻を叩かれた抜刀隊(ばっとうたい)が、喊声(かんせい)をあげながら突っこんでいく。

「くわああ」

やにわに、賊のひとりが首を飛ばされた。

血飛沫がほとばしり、ふたり目、三人目と倒れていく。

そして、あっというまに、頭目らしき者だけになった。

「囲め囲め、生け捕りにいたせ」

恭三郎が喚(わめ)いた。

若党や中間たちは、刺股(さすまた)や突棒(つくぼう)を手に襲いかかる。

頭目は軽々と跳躍し、とんぼを切っては攻め手を翻弄した。

「ええい、退(ど)け」

恭三郎は弓を構え、至近から狙いを定める。

――びん。

放たれた矢は、頭目の左肩に突きたった。

「くう」

それでも、倒れない。

みずからの手で矢を抜き、地べたに叩きつける。

致命傷ではないが、頭目の動きはあきらかに鈍った。

寄せ手を躱しながらも、さきほどまでの身軽さはない。

「忠兵衛どの、いかがいたします」

又四郎が怒った眸子を向けてくる。

「助けましょう」

「あたりめえだ」

忠兵衛は吐きすて、物陰から躍りだした。

混乱のさなかではなく、後方の河内守めがけて駈ける。

「ぬおおお」

大声で威嚇すると、用人たちはあたふたしだした。

河内守は身動きもできず、呆気にとられている。

忠兵衛は駈けながら、右の拳を固めた。

「そりゃっ」

手加減もせず、拳を鼻面に叩きつける。

――ばこっ。

鈍い音がした。

鼻の骨が折れたのだ。

河内守は鼻血を靡かせ、仰向けに倒れていく。

「殿が、殿がやられたぞ」

用人の叫びに、前方の恭三郎たちが振りむいた。

「くわっ」

前歯を剝き、一目散に駈けてくる。

一方、又四郎は混乱に乗じて、傷ついた頭目のそばへ近づいた。

大胆にも背中を向け、片膝を地べたについてみせる。

「背中に乗れ。おぬしをおぶって逃げてやる」

躊躇している余裕はない。

頭目は又四郎に背負われた。

「あっ、賊が逃げるぞ」

又四郎は叫んだ若党を頭突き一発で仕留め、全速力で敵中を駈けぬける。

一方、忠兵衛は篝火を蹴倒し、逃走路を築いていった。

「させるか」

恭三郎が弓を構える。

――びゅん。

背後を襲った矢を、忠兵衛は振りむきざま、素手で叩きおとした。

頭目を背負った又四郎が、その脇を風のように擦りぬけていく。

忠兵衛は壁となって立ちふさがり、追っ手の勢いを止めた。

前面に油を撒き、手にした松明を投げつける。

ぼっと炎が燃えあがり、風下の追っ手は黒煙に包まれた。

「げほっ、ぐえほっ」

恭三郎も咳きこみ、その場に蹲る。

「ふはは」

忠兵衛は呵々と嗤いあげた。

「残念だったな。また会おうぜ」

捨て台詞を残し、後ろの闇に紛れていく。

上昇する気流が、黒い雨雲を呼んだらしい。

漆黒の空からは、冷たいものが落ちてきた。

十

忠兵衛たちは西へ逃げた。
暗い道を駈けぬけ、坂をどんどん下っていく。
九段坂だ。
坂下には馬場があった。
人気のない馬場をうろつくのは、芥を漁る山狗くらいのものだ。
頭の半分欠けた子安地蔵の脇を通り、草叢のなかへ分けいっていく。
雑木林の奥へ進むと、馬頭観音を祀る朽ちかけた御堂が建っていた。
観音扉をひらき、黴臭い御堂に踏みこむ。
「うっ」
埃が舞った。
念仏小僧の頭目とおぼしき者は、又四郎の背中で気を失っている。
忠兵衛は龕灯に灯を点け、本尊を覆う筵を剝がして床に敷いた。
筵のうえに、頭目を横たえさせる。
顔を隠す布を外し、灯りを翳した。

「あっ」

驚いた。

胸に手を伸ばす。

摑んでみると、膨らみがあった。

「女だ」

「えっ」

又四郎も身を乗りだす。

「どうりで軽いとおもった」

血で汚れた柿色の布を裂き、肩の矢傷を調べてみた。

「てえした傷じゃねえ」

忠兵衛は薬草を手で揉み、唾で濡らして傷口にあてがう。

「表に咲いてた弟切草(おとぎりそう)だ。こうしておきゃ、心配えねえだろう」

手拭(てぬぐ)いを細く裂き、傷口をきつく縛りつけた。

「……うっ、うう」

女が目を覚まし、はっと息を吞む。

「おっと、安心しろ」

忠兵衛は、顔を近づけた。

「おれたちは追っ手じゃねえ。おめえが頭目の村正なのか」

女は半身を起こし、傷の痛みに顔をしかめる。

襟を寄せて横を向き、ぺっと唾を吐いた。

「ふん、あたしとしたことが、とんだどじを踏んじまった。よりによって、おまえさんに助けられるとはね」

「おれのことを知ってんのか」

「忠兵衛だろう。ふん、盗人の命を助けるとは、筋金入りのお人よしだね」

「おめえ、ほんとうの名は」

「おつやだよ。巾着切のおつやと言えば、わかるかい」

忠兵衛は眸子を裂けんばかりに瞠った。

「おめえ、もしや、仙次を嵌めた女か」

「ああ、そうさ。七年前、あたしはお上に仙次を売った。仙次はあんたを売り、あたしといっしょに上方へ逃れたのさ」

忠兵衛は野良犬のように唸った。

さまざまなおもいが錯綜し、頭が混乱してくる。

「それで、仙次は生きてんのか」

「生きてるよ。身代わりになったあんたに、感謝なんぞしていない。あんたをおもいだすと、自分がみじめになるだけだ。仙次はあんたを憎み、憎みぬいて本物の悪党になった。今じゃ、上方で知らぬ者もいない盗人の頭目さ」

「何だと」

「あたしはね、仙次から錠前破りの業を教わったんだよ。筋がいいから、おぼえも早い。満を持して、東海道を下ったのさ」

関八州に足場を築き、仙次たちを迎えいれる腹づもりでいたという。

「それが念仏小僧の正体だったってわけか」

「ああ、そうさ。江戸の商家を荒らしまわっているうちに、帳尻屋っていう妙な連中のことを小耳に挟んだ。悪党どもを闇から闇に葬る。世直しを気取った連中のことを調べてみたら、馬ノ鞍横町で口入屋を営むちんけな男に行きついた。あんただよ。あたしゃね、あんたの顔を見知っていたのさ。七年前、ふん縛られたあんたが役人に引ったてられていくのを、遠目から眺めていたからね。最初は目を疑ったよ。世直し小僧の忠兵衛は、斬首になったとばかりおもっていたからね」

「仙次は知ってんのか」

「いいや、まだ知らない。ふふ」

おつやは艶然と微笑み、流し目をおくってくる。

「あんたが生きていると知ったら、あの人は泣いて喜ぶだろうさ。おまえさん、公儀に魂を売ったんだろう。俠気が売りの忠兵衛も、所詮はその程度の男だった。命惜しさに公儀の密偵になりさがるちっぽけな男だったってね、仙次はきっと笑いころげるに決まっている」

「ふん、勝手に笑ってりゃいいさ」

忠兵衛は溢れる感情を抑え、冷静さを取りもどす。

「ところで、おめえは駿河屋と取引したな。侍えを四人殺ったんだろう」

「ああ、殺ったさ。この手でね。駿河屋の娘は五人の悪党侍に輪姦され、仕舞いには滅多刺しにされた。そのはなしを聞いてね」

「情に動かされたってか。嘘を吐くな。見返えりがあったからだろうが」

「あたりまえだろう。盗人が見返りを期待して何がわるいってんだ。あんたも盗人の端くれじゃないか、耄碌しちまったのかい」

駿河屋は侍殺しの代償として、身代のすべてと上客の隠し蔵が記された絵図面を渡すと約束した。

「乗らない手はないだろう。おまえさんだって、そうしたはずさ」

「おれはな、おめえらとはちがう。人は殺さねえ」

「ふっ、勘違いしてもらっちゃ困る」

おつやは苦笑する。

「盗んださきで、ひとりも殺しちゃいないよ」

「ひとりもか」

「ああ、そうさ。人殺しも厭わぬ極悪非道な盗人ってのは、公儀が勝手に言いふらしたはなしだ。汚い連中のよく使う手だって、おまえさんも知ってんだろう。やつら、義賊を悪党に仕立てあげたいのさ」

「何が義賊だ。可笑しくてへそが茶を沸かすぜ」

おつやは尖った顎をあげ、きっと睨みつける。

「で、あたしをどうすんだい」

「どうもしやしねえ。好きなところへ行きゃいいさ」

「へえ、逃がすのかい。あたしを逃がしたら、あとが恐いよ。仙次に伝われば、きっとおまえさんの寝首を掻きにやってくるはずさ」

「望むところだ。首を洗って待っててやらあ。そう、伝えておけ」

「ふふ、根っからのお人よしなんだね。おまえさんは悪党にもなれない半端者さ」

「いいから、消えちまえ」

「言われなくても、そうするよ。今日で江戸ともおさらばだ。駿河屋には申し訳ないけど、これ以上、危ない橋を渡りたくないからね」

おつやは立ちあがり、傷口を縛ってやった手拭いを外した。

「あんたに借りなんぞつくりたくないからね」

「強がっても傷は治らねえぜ。おめえ、ほんとうは仏に縋りてえんだろう。盗んださきの大黒柱に『仏』の字を刻んだのが、何よりの証拠だぜ」

「おあいにくさま。仏心を持ったら、盗人なんざつとまらぬ。戒めのために『仏』の一字を刻んだのさ」

「そいつも、仙次のうけうりか」

「さあね。本人に聞いてみな」

おつやは消えた。

開けはなちの観音扉が、虚しく風に揺れている。

江戸を荒らしまわった念仏小僧も、今日で消えてなくなった。

おつやを助けたことがよかったのかどうか、忠兵衛にはわからない。

ただ、みずから運命の糸を引きよせたことだけは、あきらかだった。

十一

二日後、早朝。

朝靄が足にまとわりついてくる。

忠兵衛はひとり、善国寺谷の底へ向かっていた。

昨夜、駿河屋伊右衛門が唐突に店を訪れ、土間に両手をついてみせた。

「無理を承知でお願い申しあげます。どうか、どうか、手前の望みをかなえていただけませぬか」

さいわい、おぶんは眠っていた。

駿河屋は、おつやに「五人目は無理だ」と言われた。

報酬は身代の半分でいい。あとのことは蛙屋忠兵衛に託していくので相談してみろと告げられ、覚悟を決めて訪ねてきたのだ。

盗人の仏心とも言うべきか、おつやも三好恭三郎を許したくなかったにちがいない。

　だが、忠兵衛としては、おいそれと請け負うわけにいかなかった。

　もちろん、同情はする。三好恭三郎の非道ぶりは万死に値するともおもうが、駿河屋には何ひとつ義理はない。金で殺しを請け負うほど落ちぶれてもいない。この身や仲間の命を危険にさらすのは、やむにやまれぬ事情があってのことだ。

「何度頼まれても、お請けするわけにゃいかねえ」

　頑なに拒むと、駿河屋は絵図面を取りだした。

「川向こうの墨東に、三好家の下屋敷がござります。お宝はきっと、そちらに移されたにちがいありませぬ」

　盗人心を擽られたが、心を鬼にして絵図面を返した。

「誤解してもらったら困る。おつやに何を吹きこまれたか知らねえが、おれは盗人じゃねえ」

　大見得を切ってやると、駿河屋は眸子を潤ませて言ったのだ。

「明朝、善国寺谷の芥捨て場までおいでくださいませぬか。おみせしたいものがござります。ご返事はそれをご覧になってからに」

　行けたら行くと曖昧にこたえておいたが、気になって仕方なくなり、まだ暗いうちに店を出た。
濃い靄のせいか、谷底へつづく坂道が途方もなく長いものに感じられる。
――かあ、かあ。
乳色の靄の向こうから、烏の鳴き声が聞こえてきた。
芥の悪臭に顔をしかめ、それでも、さきへ進んでいく。
「駿河屋め」
こんなところに呼びつけて、何をみせようというのか。
さらに数歩進んだところで、忠兵衛は足を止めた。
忽然(こつぜん)と、桐の簞笥が浮かんでくる。
すうっと、靄が晴れた。
「うっ」
四肢(しし)が震えだす。
倒れかけた簞笥のまえで、駿河屋伊右衛門は死んでいた。
右手に出刃包丁(でばぼうちょう)を握っている。
みずから、喉(のど)を裂いたのだ。
襟元に、文が差してあった。

引きぬき、ひらいてみる。

——哀れな娘の恨みをお晴らしください
とだけ記され、三好家下屋敷の絵図面が添えてあった。

「ちっ、何も死ぬことはねえだろうよ」

吐きすてる忠兵衛の目に、真紅の花が飛びこんできた。

「曼珠沙華（まんじゅしゃげ）」

まるで、駿河屋の死を悼（いた）むかのように、あたり一面に彼岸花が咲いている。

忠兵衛は遺体の後ろにまわり、桐の簞笥をそっと撫でた。

父は娘が嫁ぐ日を指折り数え、簞笥のできあがりを待ちのぞんだにちがいない。娘といっしょに育った桐の木には、父の溢れんばかりの愛情が注がれていたはずだ。

「ちくしょうめ」

忠兵衛の目にも、涙が滲んでくる。

駿河屋はおのれの命を差しだし、五人目の殺しを依頼したのだ。

「わかったよ。くそっ、おめえさんの気持ちは、痛えほどわかった」

怒りの熾火（おきび）に秋風が吹きこみ、赤々と燃えはじめる。

忠兵衛は短く経をあげ、芥捨て場に背を向けた。

念仏小僧は江戸から消えた。

十二

あいかわらず、極悪非道な悪党は大きな顔でのさばっている。

三好恭三郎は危機が去ったとおもってか、夜な夜な盛り場へ繰りだしては周囲に迷惑を掛けていた。

「好んで連れあるく連中は、旗本の御曹司どもだ」

と、茶筅髷の甚斎が説いてみせる。

忠兵衛に輪をかけて血の気の多い口中医は、駿河屋伊右衛門の抱いた恨みの深さを知り、三好たちへの怒りを増幅させていた。

「侍の心を失った穀潰しどもさ。あの調子だと二年前と同じような凶事を起こすぜ。斬ってすてたところで、悲しむ者なんぞいねえさ。ただし、連中は円明流を修めている。なかでも、三好恭三郎は腕が立つ。ご存じのとおり、円明流ってのは二刀を使う。恭三郎は仲間内じゃ『今武蔵』と呼ばれているらしいぜ」

忠兵衛は溜息を吐いた。

「おれの手にゃ余るな」

「そういうこと。餅は餅屋、殺生石に任せておけ」

甚斎が目を向けたさきには、左近が眠そうな顔で歩いていた。

それに比べて、又四郎は力みかえっている。

久方ぶりに、腰に差した津田越前守助広を抜くつもりらしい。

小雨の降る夜、四人は小石川の牛天神門前までやってきた。

門前町の露地裏、袋小路のどんつきに獣肉を食わせる見世がある。

肉は主に猪肉だが、時折、彦根藩から幕府に献上された彦根牛の味噌漬けが献残屋経由で卸されてきた。それを目当てに、お忍びで訪れる美食侍も少なくない。

見世の名は『天満』という。

すでに、三好恭三郎とふたりの仲間は見世にはいっていた。

「きっちり、この目で確かめたよ」

胸を張るのは、神田花房町で陰間茶屋を営む与志だ。

露地裏の隅々まで知りつくす与志は、忠兵衛の叔父でもある。

白粉を塗りたくった草履のような顔で近づき、惚の字の左近に微笑んでみせた。

「あいかわらず、いい男だね。殺生石の旦那」

左近は返事もせず、目も向けない。

与志は不機嫌になった。

「あんたらの獲物、今ごろは腐りかけの牛肉を食って、臭い息を吐いてるよ」

与志が言うには、恭三郎は見世にはいるまえに、野良犬を一匹斬ったらしい。

「ああした手合いがいるかぎり、安心して商売もできやしないよ。早いとこ始末しとくれ」

「ああ、任せておけ」

忠兵衛は、ぽんと胸を叩く。

「こっからさきは、おれたちの領分だ。血をみたくなかったら、花房町へ帰えったほうがいい」

「言われなくても、そうするよ」

と、応じつつも、与志は近くの物陰に身を隠す。

「おれも高みの見物としゃれこむか」

甚斎も離れていき、与志と同じ物陰に隠れた。

忠兵衛たち三人は歩を進め、小汚い見世先に立つ。

女っ気のない獣肉屋は、長居するところではない。

腹さえ満たされれば、阿呆面さげた連中は表口にあらわれる。

しばらく待っていると、見世の内から騒がしい声が聞こえてきた。

「やつらだ」

何やら、揉めているらしい。

左近だけがすっと離れ、塀際の暗がりで気配を殺す。

と同時に、三人の月代頭が外へ出てきた。

恭三郎たちだ。

仲間のひとりが、胡麻塩頭の親爺を引きずってくる。

「腐りかけの肉が一朱とは、べらぼうなはなしではないか。のう、親爺。わしらにだけ吹っかけておるのか」

「滅相もござりません。どなたさまからも同じお代を頂戴しております」

「嘘を吐け」

恭三郎が叫び、どんと腹を蹴った。

親爺は苦しげに蹲り、蚊の泣くような声を出す。

「……お、お代はいりません……ど、どうかご勘弁を」

「金はいらぬだと。われら旗本を愚弄する気か」

肩を踏みつけ、刀を抜こうとする。

「おぬしのさばいた肉のように、八つ裂きにしてくれようか」

「ぬはは、恭三郎どの、それはよい考えでござる」

親爺は脅え、がたがた震えている。

みていられない光景だ。

忠兵衛は一歩踏みだす。

「待ちな」

「ん、何だおぬしは」

「弱い者いじめはやめたほうがいい。みっともねえぜ」

「何だと。町人め、それが旗本にたいする口のきき方か」

「おめえら、穀潰しなんだろう。世間さまの迷惑になるようなら、芥溜めに捨てちまってもかまわねえんだぜ」

「こやつめ」

恭三郎はばさっと袖を振り、両刀を抜きはなつ。

左右のふたりも両刀を抜いたので、ぜんぶで六本の白刃が忠兵衛に切っ先を向けた。

「なるほど、円明流ってのは二本使うんだったな」

恭三郎が不審げに顔をしかめる。

「おぬし、わしのことを存じておるのか。あっ、わかったぞ。屋敷から賊を逃した輩だな」

「やっと気づいたか。狂犬め、命を貰うぜ」

「誰に頼まれた」

「教えてやろう。二年めえ、おめえに娘を奪われた父親からだ」

「駿河屋伊右衛門か。ふん、やはりな。素直に言うことを聞いておれば、ああならずに済んだものを」

「おっと、聞き捨てならねえな。おめえ、ひょっとして、娘のおきぬを見初めていやがったのか」

「妾に欲しいと申しこんでやったに、駿河屋は笑って相手にせなんだ。ふん、小莫迦にしくさって。それゆえ、罰を与えてやったのさ」

「おめえは父親ではなしに、娘のほうに牙を剝いた。理由はわかる気がするぜ」

駿河屋は蔵に眠った金を殖やすことに長けており、三好河内守から重宝がられていた。駿河屋が居なくなれば、何かと不便になる。それゆえ、恭三郎は娘のおきぬを殺めて駿河屋伊右衛門を悲しませる手段を考えついたのだ。

「ひでえ野郎だぜ。でもな、お天道さまを欺くことはできねえ。四人の仲間が順に殺られて、おめえは脅えた。つぎは自分の番だと察してな」

「ふん、脅えるものか。襲ってくる刺客がおれば、ことごとく、返り討ちにしてくれるわ。それに、死んだ四人は仲間なんぞではない。一万石の小大名に仕えた虫けらどもだ。走り使いにちょうどよかっただけのことさ」

「死んだ四人にゃ、情も未練もねえのか」

「あたりまえだ。おれさまの父は四千石の大身旗本ぞ。おれさまは長崎奉行までつとめた重臣の子じゃ。虫けらどもに未練があるはずもなかろう」

忠兵衛は、にやりと笑う。

「ありがとうよ。おめえを生かしておく理由がひとつもなくなったぜ」

「ほざけ」

目を剝く恭三郎の左右から、悪党仲間のふたりが飛びだしてくる。

「死にさらせ」

忠兵衛が避けるよりさきに、又四郎が躍りでた。
「はう」
地べたを蹴り、一間余りも跳躍する。
と同時に、銘刀を抜きはなった。
津田越前守助広だ。
繰りだす技は落雲雀、大上段から頭蓋を狙う不傳流の奥義である。
――ずこっ。
助広の濤瀾刃は峰に返され、相手の脳天を砕いた。
もうひとりは、忠兵衛の獲物だ。
突きだされた白刃を躱し、固めた拳でこめかみを撲る。
呆気なくも、相手は昏倒した。
おそらく、鼓膜が破れたにちがいない。
「ふん、おれさまには通用せぬぞ」
恭三郎は倒れた仲間を踏みつけ、二刀を肩に担ぎながら近づいてきた。
「腹ごなしにちょうどいい。ふたりとも、膾に斬ってくれるわ」
二刀を車に落としたところへ、背後から殺気が迫った。

左近だ。

「うっ、もう一匹おったか」

恭三郎は振りむき、二刀を風車のように旋回させる。

対峙する左近は、不動明王のごとく微動だにしない。

古今無双と評される雲弘流の練達は、円明流の奥義でもある「一寸の見切り」を習得していた。

「へやっ」

焦った恭三郎は先手を取り、左手に握った脇差を突きだす。

と、みせかけて、脇差を投擲してみせた。

――たんっ。

鼓を打つような音が響いた。

脇差は何と、左近の左胸に刺さっている。

「むふふ、ざまあみろ」

嘲笑う恭三郎の顔から、さっと血の気が引いた。

左近は倒れず、胸に刺さった脇差を抜いて捨てる。

あらかじめ、予測していたのだろう。

左胸に分厚い板をあてがっていた。

「なにっ」

恭三郎はうろたえつつも、右手に握った大刀を振りあげる。

刹那、ぐはっと血を吐いた。

すでに、左近は必殺の水平斬り（すいへいぎ）を繰りだしている。

恭三郎の下腹は、背骨の近くまで深々と剔（えぐ）られていた。

「おのれ」

悪鬼と化した男は、片手持ちの大刀をなおも高く持ちあげる。

その途端、ぱっくり裂けた腹から、小腸がぞろりと飛びだしてきた。

三好恭三郎は小腸を地べたに引きずり、三歩進んだところで前のめりに倒れ、
二度と起きあがってこなかった。

「悪党に似つかわしい死にざまだぜ」

忠兵衛は吐きすて、獣肉屋の表口を睨みつける。

「ひぇっ」

胡麻塩頭の親爺が、石地蔵のように固まった。

「親爺、すまねえな。見世のまえを穢（けが）しちまった」

忠兵衛は袖口から一朱金を取りだし、指で弾いてみせる。

「ついでと言っちゃ何だが、番屋に報せといてくれ。辻斬りにでも殺られたと言っときゃいい」

「……な、仲間のふたりが息を吹きけえしたら、どういたしやしょう」

「心配えすんな。一度闇を覗いたやつは、無駄口を叩かねえようになる。廻り方がうるせえことを言ったら、その小粒を袖口に入れてやれ。獣肉屋の親爺なら、要領はわかってんだろう」

「……へ、へえ」

「よし、任せたぜ」

忠兵衛は、にっこり笑って踵を返す。

すでに、左近と又四郎はそばに居ない。

一陣の旋風が吹きぬけると、袋小路の暗がりから帳尻屋の影は消えた。

十三

葉月晦日、早朝。

降りやまぬ雨のせいで、足許がぬかるんでいる。

善国寺谷の芥捨て場には、どうしたわけか、人垣ができていた。

「寄るな、寄れば縄を打つ」

必死に叫ぶ役人のなかに、強面の「牛弁」こと牛尾弁之進のすがたもあった。

捨てられているのは、芥ではない。

小判の詰まった千両箱が、山と積まれている。

すでに一部は、夜鷹たちが奪って逃げていた。

牛弁が引きぬいた捨て札には、こうある。

――三好河内守　隠し金
真偽のほどは、目付の厳しい詮議によってあきらかにされるだろう。

三好家の当主は切腹、家は断絶の憂き目をみるかもしれない。

二年余りも処分されずにいた桐の箪笥は、もうどこにもない。

駿河屋伊右衛門の屍骸とともに焼かれ、灰の一部は骨壺に納められた。

麹町大路から駿河屋は消えたが、奉公人たちは事前に手当を弾んでもらっており、当面は路頭に迷うこともないという。

主人の伊右衛門に感謝こそすれ、恨む者はひとりもいなかった。

午過ぎ、濡れ鼠の格好で神田馬ノ鞍横町の『蛙屋』に戻ってみると、だぼ鯊が恐い顔で待ちかまえていた。

「忠兵衛、てめえ、おれに言わなきゃならねえことがあんだろう」

伝法(でんぼう)な口調で怒鳴り、茶を淹れてきたおぶんを驚かす。

忠兵衛は堂々と胸を張り、だぼ鯊に言ってやった。

「あっしは、ただの口入屋にござんす。妙な期待を掛けてもらっちゃ困りやす」

「ふん、こいつは貸しだ。やつらが江戸に戻ってきたら、今度こそ決着をつけさせるかんな」

だぼ鯊は去り、空に晴れ間がみえた。

おぶんが、不審げに尋ねてくる。

「おまえさん、やつらって誰のことだい」

「商売のはなしだ。おめえは知らなくていい」

突きはなすと、おぶんは膨れ面になった。

忠兵衛は微笑み、やおら腰を持ちあげる。

「雨もあがったようだし、遊山(ゆさん)にでも行くか」

おぶんの顔が、ぱっと明るくなる。

「どこに行きてえ」

「亀戸の龍眼寺はどう」

「萩寺か」

「うん」

ふたりは、仲よく身支度をして外へ出た。

神田川に沿った土手道を散策がてら、まっすぐ両国へ向かう。

柳橋から小舟を仕立てて大川へ漕ぎだし、大橋の南から斜めに川を横切り、竪川のほうへ進んだ。

めざすは四ツ目之橋のさき、交差する川筋を左手に折れ、十間川を遡上する。

やがて、右手に亀戸天神の杜がみえてきた。

さらに、津軽屋敷の海鼠塀が途切れたところで、龍眼寺の山門があらわれる。

おもったよりも、人の出は少ない。

おぶんの手を取り、舟から桟橋へ慎重に降ろす。

手を繋いだまま、ふたりで山門を潜った。

「あっ」

おぶんは、おもわず叫んだ。

忠兵衛も、息を呑む。

薄紅色の蝶に似た萩が、一面に咲きほこっていた。

寺の庭を埋めつくし、風に吹かれて波のようにうねっているのだ。

「おまえさん」

「ああ、来た甲斐があったな」

おぶんの喜ぶ顔が、忠兵衛にとっては何よりの薬だ。

日ごとに腹もふっくらしてきて、こいつを命懸けで守らねばという気持ちがいっそう強まってくる。

気づいてみれば、西の空が赤く染まりはじめていた。

波濤となって打ちよせる萩の彼方から、ふと、誰かに呼ばれたような気がした。

「忠兵衛、こっちだ忠兵衛」

忘れられない男の影が陽炎となり、こちらに手を振っている。

「うっ」

紛れもなく、それは懐かしい男の輪郭だ。

「……せ、仙次、おめえなのか」

つぶやいた途端、影は消えた。

萩の波打つ光景が蘇ってくる。

「おまえさん、仙次って誰のことだい」

おぶんに不思議な顔をされ、忠兵衛はこたえに詰まった。

そいつを口にしたら、おめえと別れなくちゃならねえ。

胸の裡で囁くと、おぶんはぎこちなく笑いかえす。

「ごめんね、余計なことを聞いて。わたしね、何があっても、おまえさんのそばから離れないよ」

おぶんは身を寄せ、ぎゅっと手を握ってくる。

鱗雲が夕陽に照らされ、紅色に滲んでみえた。

人は誰しも、触れてほしくない過去を抱えている。

過去の重みに耐えかねて、すべてを喋ってしまえば、すっきりするかもしれない。

だが、痼りは残る。

喋らずにそっとしておくことは、けっして不誠実な態度ではない。

正直にすべてを告白することのほうが、ときには相手を傷つける。

忠兵衛にも、おぶんにも、それがわかっていた。

――ぎっ、ぎっ。

櫓を押すような渡り鳥の鳴き声が聞こえてくる。

初雁だ。

夕焼け空を竿になって飛んでいる。

やがて、日没となっても、ふたりは帰ろうとしなかった。

暮れなずむ萩寺の一隅に佇み、いつまでも風のざわめきを聞いていた。

※この作品は双葉文庫のために
書き下ろされたものです。

さ-26-23

帳尻屋仕置【二】
ちょうじりやしおき

婆威し
ばばおど

2015年11月15日　第1刷発行

【著者】
坂岡真
さかおかしん

【発行者】
赤坂了生

【発行所】
株式会社双葉社
〒162-8540 東京都新宿区東五軒町3番28号
［電話］03-5261-4818(営業)　03-5261-4833(編集)
www.futabasha.co.jp
(双葉社の書籍・コミックが買えます)

【印刷所】
慶昌堂印刷株式会社

【製本所】
株式会社宮本製本所

【表紙・扉絵】南伸坊
【フォーマット・デザイン】日下潤一
【フォーマットデジタル印字】飯塚隆士

落丁・乱丁の場合は送料双葉社負担でお取り替えいたします。
「製作部」宛にお送りください。
ただし、古書店で購入したものについてはお取り替えできません。
［電話］03-5261-4822(製作部)

定価はカバーに表示してあります。

ISBN978-4-575-66750-9 C0193
Printed in Japan